Seit Tagen ist der 13-jährige Klaus spurlos verschwunden.
Er ist schon öfter von zu Hause weggelaufen, nämlich immer dann, wenn sein betrunkener Vater Frau und Kind brutal geschlagen und misshandelt hat.

Doch jetzt liegt der Vater, von einem Hammer erschlagen, im Wohnzimmer. Verzweifelt bittet die Mutter Philipp Freyberg um Hilfe bei der Suche nach ihrem Sohn. Hat er etwas mit dieser Tat zu tun?
Oder muss Philipp Freyberg, reicher Erbe einer Hamburger Zigaretten-Dynastie, in einem ganz anderen Milieu suchen?

›... ein wahrlich spannender Roman, der sich mit gutem Gewissen im oberen Mittelfeld der deutschen Belletristik ansiedeln kann.‹
Daniel Biester, literature.de über Als die Zeit im Sterben lag

Robert Clausen studierte Volkswirtschaft und Publizistik und hat sieben Jahre in New York gelebt und als Journalist gearbeitet. Seit drei Jahren lebt er wieder in Hamburg oder in dem von seinem Großvater geerbten Haus auf Sylt. Der erste Band mit Ermittler Philipp Freyberg »Als die Zeit im Sterben lag« (Bd. 16302) ist im Fischer Taschenbuch Verlag lieferbar.

Unsere Adresse im Internet: www.fischerverlage.de

Robert Clausen

Das strenge Herz des Todes

Roman

Fischer Taschenbuch Verlag

Originalausgabe
Veröffentlicht im Fischer Taschenbuch Verlag GmbH,
einem Unternehmen der S. Fischer Verlag GmbH,
Frankfurt am Main, September 2005

Dieses Werk wurde vermittelt durch die Literarische Agentur
Thomas Schlück GmbH, Garbsen.
Satz: Fotosatz Otto Gutfreund, Darmstadt
Druck und Bindung: Nørhaven Paperback A/S, Viborg
Printed in Denmark
ISBN 3-596-16303-X

Für Emmylou Harris
Wenn du noch besser sängest,
schriebe ich dann besser?

Das strenge Herz,
es fühlt sich mild und weich.
Johann Wolfgang v. Goethe

... Wir saßen auch oft und sprachen
vernünftig, wie alte Leut',
und klagten, wie alles besser
gewesen zu unserer Zeit;
wie Lieb' und Treu' und Glauben
verschwunden aus der Welt ...
Heinrich Heine

Ich möchte hingehn wie das Abendrot ...
Das arme Menschenherz muss stückweis brechen.
Georg Herwegh

Tag Eins:
Freitag

Der Mann

Nein, die Menschen verstanden nichts, dachte er, sie verstanden wirklich nichts. Die Menschen waren unbelehrbar. Oder? Wie viele Menschen hatten ihre Lektion nicht gelernt? Der Mann schüttelte den Kopf. Es tat ihm körperlich weh, wenn er darüber nachdachte. Im wahrsten Sinne des Wortes.

In seiner Erinnerung erwachte dieser mörderisch heiße Sommertag. Er stand versteckt hinter dem Busch. Der Geruch aus dem ölgetränkten Lappen stieg ihm in die Nase. Er hatte das Bündel unter sein Hemd geschoben und hielt es krampfhaft fest. Sein Mund war vom Staub und der Hitze ganz ausgedörrt, seine Zunge klebte am Gaumen, und er wagte es nicht, die Fliegen, die um seinen Kopf surrten, zu verscheuchen. Seit über einer Woche lag eine sengende, bleierne Hitze über dem kleinen Dorf nahe Hamburg. Kein Tropfen Regen fiel, und die Häuser waren mit feinem Sand gepudert. Jeder Schritt auf den Wegen wirbelte weißen Staub auf, der sich träge überall verteilte.
Lange wohnten seine Mutter und er schon in diesem Nest, seit die Alliierten 1943 Hamburg bombardiert hatten. Aber da war er noch ganz klein gewesen. Man hatte ihnen ein altes Backhaus am Ende des Dorfes zugewiesen, das schon lange nicht mehr genutzt wurde.
Zwei enge Räume, eine Küche, das war alles. Eine Pumpe befand sich an der Seite des Hauses. Da musste er jeden Tag das Wasser holen. Die Toilette war ein windschiefer Lattenverschlag, ein Sitzbrett und darunter die Grube. Niemand im Dorf mochte die Mutter und ihren Sohn besonders. Es hatte nie Versuche gegeben, sie in die Dorfgemeinschaft aufzunehmen. Allerdings, das war ihm seit zwei

Jahren immer bewusster geworden, unternahm seine Mutter auch keinerlei Versuche, die Situation zu ändern. Manchmal schien es ihm, als steckten die Bäuerinnen, jung wie alt, die Köpfe zusammen, wenn er vorüberging. Aber weil er sich keinen Reim darauf machen konnte, vergaß er es ganz schnell wieder.

Doch jetzt konnte er es sich erklären.

Nur mit den Kindern des Pastors hatte er von Anfang an gespielt, zumindest mit Bernd, mit dem er in die gleiche Klasse ging. Marita war ein Jahr älter als sie. Im Sommer gingen sie zusammen schwimmen, aber seit dem letzten Winter, seit Marita sich in Heinz verliebt hatte, waren ihre gemeinsamen Unternehmungen spärlicher ausgefallen.

In diesem Winter war auch sein Vater aus Russland zurückgekommen, ein Spätheimkehrer – wie sie genannt wurden. Sein Vater. Nur Gott wusste, wie er sie gefunden hatte.

Der herbeigerufene Arzt brauchte sich nur die blauen Hände und Füße anzusehen, musste nur ein bisschen klopfen und abhorchen, um ihnen mitteilen zu können, dass dieses menschliche Wrack unter einer schweren Hungerdystrophie litt, ohne Aussicht auf Besserung.

Der Hunger hatte nicht nur den Körper, sondern auch das Gehirn angegriffen. Er hatte in seiner verzweifelten Jagd nach Nahrung die Zellen des Herzmuskels abgebaut und ihn dadurch irreparabel geschwächt.

So war das mit dem Mann, der sein Vater war und den er liebte. Die Fremdheit zwischen ihnen war schnell gewichen, zuerst hatte der Junge nur voller Angst und am ganzen Körper verkrampft auf die flachen, unregelmäßigen und ab und zu von einem Stöhnen begleiteten Atemzüge des Vaters gehorcht und konnte nicht einschlafen.

Die Mutter hatte den Vater ohne ein Wort zu sagen im Zimmer des Jungen einquartiert. Die Mutter sprach überhaupt nicht mehr viel, nicht mit ihrem Jungen, nicht mit ihrem Mann.

Sie beide schienen ihr gleichgültig zu sein, eine lästige Pflicht, die er-

füllt werden musste. Sie stellte ihnen etwas zu essen hin, machte sich ab und zu an die Wäsche, ansonsten war sie aber genauso häufig außer Haus, wie vor der Heimkehr des Vaters.
Einige Male stritten sich seine Eltern. Er hörte es, als er nach Hause kam. Die Stimme seiner Mutter schien ihm wie ein Messer zu sein, das in Fleisch eindrang. Aber wenn sie hörte, dass er das Haus betrat, kam sie sofort aus dem Zimmer des Vaters heraus, blieb für einen Moment auf der Schwelle stehen, sah ihn an, als wollte sie sagen: ›Das gilt auch für dich‹, und drückte sich dann an ihm vorbei, um in der Küche oder in ihrem Zimmer zu verschwinden.
Die Fliegen wurden immer unerträglicher, Schweiß rann ihm von der Stirn in die Augen, und die Plagegeister versuchten, das Nass aufzusaugen. Gerade als er sich mit dem Hemdzipfel den Schweiß abwischte, hörte er das Scheppern der losen Schutzbleche am Fahrrad seiner Mutter. Und schon radelte sie an ihm vorbei, eine leichte Staubfahne hinter sich herziehend. Sie trug ihr leichtes Sommerkleid. Ihre löwenmähnigen Haare wurden von dem kornblumenblauen Band zusammengehalten, das er ihr zum letzten Geburtstag geschenkt hatte. Der Rocksaum hatte sich hochgeschoben, und er sah die gespannten Muskeln unter der Haut ihrer Schenkel. Sie fuhr barfuss. Ihre Schuhe mit den dicken Holzsohlen baumelten am Lenker. Sie lächelte. Als seine Mutter aus seinem Blickfeld verschwunden war, setzte sich der Junge in Bewegung.
Er hatte keine Eile, denn er kannte ihr Ziel.
»Wovon leben wir eigentlich?«, hatte der Vater eines Nachts gefragt.
Der Junge war überrascht, statt zu antworten schüttelte er nur den Kopf.
»Wovon leben wir eigentlich, Junge?«, wiederholte der Vater seine Frage.
»Ich weiß es nicht«, hatte er geantwortet.
»Wir haben Brot und Honig, Kartoffeln und Butter, und wir haben Eier und Milch. Das alles haben wir, aber du weißt nicht, woher wir diese Sachen haben?«
»Mutter arbeitet auf diesem Hof ...«, sagte er zu seinem Vater.

»So ...«, sagte der Vater, »... warst du schon einmal auf diesem Hof?«
»Wo ...?« Ihm war die Fragerei unangenehm gewesen, und noch jetzt spürte er das Kratzen der Wolle, als er unruhig mit den Händen über seine Decke fuhr.
»Auf diesem Hof, Junge. Warst du da schon einmal?«
»Nein, der Bauer wünscht das nicht ...« Er hatte den Satz unterbrechen müssen, weil der Vater zu röcheln begann. Und er hatte gelogen.
»Sprich weiter, es ist nichts ...«, sagte der Vater.
»Der Bauer will niemanden auf dem Hof sehen. Ich weiß nicht viel von ihm. Im Dorf sagt man, seit seine Frau im Rollstuhl sitzt und nur noch lallt, wäre auch er komisch geworden.«
Lange antwortete sein Vater nicht, und er hatte gespürt, wie die Müdigkeit über ihn kam. Und dann kam wie aus weiter Ferne die Stimme seines Vaters, und sie schwebte über ihm.
»Deine Mutter hat keine Ehre im Leib. Aber das wusste ich nicht, als ich sie kennen lernte. Und es waren andere Zeiten.«

Mehrmals drehte er sich um, um sich zu vergewissern, dass ihn niemand sah. Als das kleine Wäldchen begann, schlug er sich ins Unterholz und ging weiter in seine Richtung, parallel zum Sandweg. Der Schatten des Waldes war angenehm nach der flimmernden Hitze, und der Harzgeruch der Bäume überlagerte den schweren Geruch des Öls, der noch immer dem Lappen entströmte.
Er hatte schnell seine Scheu vor den blauen Händen seines Vaters verloren, und wenn der Vater ihn hieß, sich auf das Bett zu setzen, damit er mit ihm sprechen konnte, dann ergriff er die blauen, kalten Hände seines Vaters, um sie zu wärmen und zu streicheln.
Das, was der Vater erzählte, nannte er sein einziges Vermächtnis an seinen Sohn.
»Das ist alles, was ich besitze und was ich an dich weitergeben kann, mein Junge. Das ist auch alles, was mein Vater mir vermacht hat. Und glaube mir, es ist mehr wert als alles Gut dieser Welt. Wenn ein Mensch weiß, wo er steht, und wenn ein Mensch weiß, dass es Gu-

tes und Schlechtes gibt, und er sich für das Gute entschieden hat, dann kann ihm nichts passieren.
Und wenn man das alles begriffen hat, dann weiß man auch, warum es so gut ist, dass es die Strafe gibt. Die Strafe für die, die keine Ehre im Leib haben und die ihre Lektion nicht lernen wollen, die Strafe für die, die nicht begreifen wollen. Die Strafe ist eine gute Lehre, und wer dich etwas lehrt, der meint es gut mit dir. Auch wenn jemand dich straft, so will er dich doch nur lehren, etwas Bestimmtes nicht mehr zu tun. Strafe ist Liebe. Um jemanden strafen zu können, braucht man ein strenges Herz, und ein gerechtes. Verstehst du, was ich dir sagen will?«
»Ich weiß nicht, ich glaube ja ...«
»Gut, wenn man darüber nachdenkt, dann wird einem manches klar. Man lehrt die Menschen, manche Dinge nicht zu tun, weil sie schlecht sind. So ist es schlecht, in Unordnung zu leben oder Dinge zu zerstören. Wenn sie es dennoch tun, dann muss man die Menschen dafür bestrafen. Strafe muss sein. Du strafst sie, damit sie lernen, etwas nicht zu tun. Und wenn sie es gelernt haben, dann tun sie es nie mehr. Ja, das ist logisch.
Strafen heißt lehren. So gesehen ist der Tod die höchste Lehre. Töte jemanden, und du hast es ihn gelehrt. Nie wieder wird er das tun, was er getan hat.«
Der Junge sog das, was sein Vater ihm erzählte, begierig auf. Zum ersten Mal ergab das, was er jeden Tag erlebte, einen Sinn. Die Worte seines Vaters brachten Ordnung in das Chaos, das in seinem Kopf herrschte. Und wenn der Vater sich zu schwach fühlte, um mit ihm zu sprechen, dann saß der Junge stundenlang still auf dem Bettrand und hielt die blauen, zerbrechlichen Hände seines Vaters.
Als der Wald zu Ende war, sah der Junge den Bauernhof schon vor sich liegen. Rechts das großzügige Wohnhaus, dahinter die Ställe und weiter links die große Scheune. Er schlug nach links einen großen Bogen, um sich dem Hof, durch die Scheune vor Entdeckung geschützt, nähern zu können.
Der Junge hatte nicht bemerkt, dass sein Vater aufgewacht war und

ihn aus ernsten, dunklen Augen beobachtete. Er hatte die Nachttischschublade des Vaters aufgezogen und das Päckchen angestarrt, das so intensiv nach Öl roch.
»Nimm es ruhig heraus und schau es dir an«, hatte sein Vater gesagt. Der Junge war zusammengezuckt.
»Hab keine Angst. Ich bin dir nicht böse. Wenn du es nicht entdeckt hättest, dann hätte ich es dir doch eines Tages gezeigt.«
Vorsichtig hatte er das Bündel aus der Schublade herausgenommen und auf seine Knie gelegt. Noch bevor er den öldurchtränkten Lappen entfernt hatte, wusste er, was da auf seinen Knien lag.
Jetzt hatte er die Rückwand der Scheune erreicht, er brauchte nicht einmal das Ohr an das Holz zu legen, um zu hören, ob sich vielleicht jemand in der Scheune befand. Die Stimmen seiner Mutter und des Bauern waren überdeutlich durch das geöffnete Küchenfenster zu hören, dazu das Klappern von Geschirr. Er schob den Riegel hoch und schlüpfte in die Scheune. Dann stieg er die Leiter zum Heuboden hinauf und beobachtete durch das Loch, das er vor einiger Zeit in das Holz gebohrt hatte, die Frontseite des Bauernhauses. Er wusste mehr, als er seinem Vater erzählt hatte.
Wie war es gekommen, dass da auf einmal ein tiefes Einverständnis zwischen seinem Vater und ihm bestand? Wieso konnten sie sich unterhalten, ohne dass ein Wort gesprochen wurde? Woher wusste der eine, was der andere dachte? Es war ein wunderschönes Gefühl, nicht mehr allein zu sein.
Drüben tat sich nichts, so verließ er für einen kurzen Moment seinen Beobachtungsposten und ging zur anderen Seite des Heubodens. Dort hatten sie sich Matratzen hingelegt. Groß war die Versuchung, auf die Matratzen zu pissen, aber er widerstand ihr. Das hätte alles zunichte gemacht. Also ging er zurück.
»Ehre, Stolz und Mut müssen die wichtigsten Elemente in deinem Leben sein. Vor allen Dingen darfst du keine Angst haben. Wenn du Angst hast, dann können die Menschen mit dir machen, was sie wollen, und du musst immer zurückweichen. Aber man kann nicht immer rückwärts gehen vor Angst. Irgendwann ist da die Wand, und

dann geht es nicht mehr weiter. Ich bin immer vorwärts gegangen. Wenn etwas kommt, dann kommt es eben. Aber das Böse ist zu bekämpfen. Der Tod hat ein strenges Herz.«

Er hatte mit dem Kopf genickt, denn er wollte seinem Vater zeigen, dass er alles verstanden hatte.

Endlich verließen seine Mutter und der Bauer das Wohnhaus und kamen auf die Scheune zu. Sie gingen langsam und sprachen miteinander, aber so leise, dass er nichts verstehen konnte. Seine Mutter machte ein paar heftige Handbewegungen und wies zu einem der Fenster im oberen Stockwerk des Wohnhauses hin. Der Bauer versuchte, ihr beruhigend die Hand auf den Arm zu legen, aber sie schüttelte die Hand ab.

Es war ihm bewusst, dass er die beiden nur noch einen kurzen Moment beobachten konnte, dann musste er sich in sein Versteck begeben.

Die beiden blieben stehen. Seine Mutter öffnete zwei Knöpfe ihres Kleides und schloss sie dann wieder. Der Bauer beugte sich zu ihr und sagte ihr etwas ins Ohr. Seine Mutter lachte und nickte. Daraufhin drehte sich der Bauer um und ging zum Haus zurück.

Die Mutter beobachtete ihn, wie er dort verschwand. Nach kurzer Zeit erschien der Kopf des Bauern am offenen Fenster des äußerst links gelegenen Zimmers im ersten Stock, und bevor er das Fenster schloss und die Gardinen zuzog, warf er der Mutter eine Kusshand zu. Seine Mutter blieb unverwandt stehen und setzte sich erst in Bewegung, als sich der Mann, jetzt mit nacktem Oberkörper, am Fenster des rechts gelegenen Raumes im oberen Stockwerk zeigte und sie mit einladender Handbewegung nach oben winkte.

Er hatte sich auf die Unterlippe gebissen, bis es weh tat. ›Geh immer vorwärts, und wenn etwas kommt, dann kommt es eben‹, hörte er seinen Vater sagen und beobachtete, wie seine Mutter im Bauernhaus verschwand.

Dann sah er seine Mutter, wie sie das Fenster schloss. Da war es an der Zeit zu gehen. Er hatte den Heuboden verlassen und war zum Haus hinübergehuscht.

Die Haustür stand offen, am Fuß der Treppe sah er den Rollstuhl der gelähmten Bäuerin stehen. Der Bauer hatte seine kranke Frau in ein Zimmer gesperrt, um freie Bahn zu haben.
Den Raum zu finden, in dem sich die beiden aufhielten, war nicht schwer. Als er sah, dass der Schlüssel von außen steckte, lehnte er sich gegen das Treppengeländer und versuchte ruhiger zu atmen. Er zog das Bündel unter seinem Hemd hervor und legte es auf die schwere Holztruhe. Er nahm die Pistole und entsicherte sie, so wie der Vater es ihm gezeigt hatte. Behutsam drückte er die Klinke herunter und gab der Tür einen kleinen Stoß, sodass sie in den Raum hinein aufschwang. Der Bauer stand breitbeinig in der Mitte des Raumes, mit dem Rücken zum Fenster, er hielt die vor ihm kniende Frau an den Haaren fest, die Augen hatte er geschlossen.
Er sah, wie sich der Kopf seiner Mutter rhythmisch bewegte. Er drückte ab, zweimal hintereinander. Die erste Kugel traf den Mann genau ins Herz. Die zweite traf seine Mutter in den Kopf.
Der schwere Mann wankte, aus seinem Mund kam ein Röcheln. Dann fiel er nach hinten um und zog die Frau, die er immer noch an den Haaren hielt, mit sich. Als sie beide auf dem Boden lagen, sah es aus, als hätte seine Mutter ihr Gesicht auf den Bauch des Bauern gebettet.
Und auf einmal war die Welt in Blau getaucht. Der Junge schloss die Augen vor diesem Blau, aber als er sie wieder öffnete, war die Welt immer noch in Blau getaucht. Es war jedoch kein dunkles Blau, eher ein zartes Blau. Ein ganz zartes Blau. Wie ein Hauch so zart.
Er machte einen Schritt in den Raum hinein, ergriff, den Lappen schon in der Hand, die Türklinke und zog die Tür zu. Er wickelte die Pistole in den Lappen. Als er zur Treppe ging, hörte er aus dem Raum, in dem sich die Bäuerin befand, lallende und gurgelnde Geräusche.
Aber er kümmerte sich nicht darum, sondern verließ das Haus. Er nahm den Weg, den er gekommen war. Und erst als er das Wäldchen erreicht hatte, gönnte er sich eine Pause.
Er war im Wald geblieben, bis die Dämmerung kam, und obwohl er

sich über seine nächsten Schritte klar werden wollte, konnte er keinen Gedanken zu Ende denken. Er hoffte nur, dass sein Vater schlief, wenn er zurückkam. So wie er geschlafen hatte, als er die Pistole aus der Schublade seines Vaters genommen hatte. Es war alles so schnell gekommen, aber es war gut so.

»Junge, schau nach, ob deine Mutter schon zu Hause ist?« Mit diesen Worten hatte der Vater ihn in der letzten Nacht geweckt. Wie schon so oft zuvor.

Er musste nichts sagen, als er aus dem Zimmer der Mutter zurückkam und wieder unter seine Decke schlüpfte.

»Sie hat keine Ehre im Leib, Junge. Sie ist es nicht wert, deine Mutter zu sein. Vergiss das nicht, Junge. Sie ist nicht einmal das Schwarze unter dem Fingernagel wert.«

Sein Vater schlief, als er das Backhaus betrat. Dafür war er dankbar gewesen, denn noch fühlte er sich nicht bereit, vor ihn zu treten. Sein Vater würde Bescheid wissen, ohne dass er auch nur ein Wort sagen müsste. Zu seiner Verwunderung war das Zimmer, ihr Zimmer, in ein zartes Blau getaucht.

Er zog das Bündel unter seinem Hemd hervor und legte es zurück in die Schublade. Als er das Hemd auszog, sah er, dass sich vom Öl ein Fleck auf dem Hemd gebildet hatte. Er starrte den Fleck an, wusste aber nicht, was zu tun war.

Mit einem Mal fühlte er einen großen Drang, sich waschen zu müssen. Er ging nackt in die Küche. Er goss aus dem Krug kaltes Wasser in den Handstein und begann sich zu säubern. Mit der Wurzelbürste und der Kernseife reinigte er seine Hände. Danach ging er zurück ins Zimmer. Kaum war er im Bett, musste er auch schon eingeschlafen sein.

Die Hände und die Stimme, die ihn weckten, waren einfühlsam.

»Wach auf, Klaus. Wach auf, Klaus.«

Die Hände streiften behutsam seine Schultern. Als er die Augen aufschlug, sah er über sich das Gesicht des Pastors. Ein eisiger Schreck griff nach ihm, und als er sich aufrichten wollte, drückte ihn der Pastor sanft aber bestimmt zurück.

»Es ist eine schwere Stunde für dich, aber wenn du in Gott vertraust, dann ...« Die Stimme des Geistlichen hatte versagt.
»Was ist passiert?«
»Zieh dich an und komm mit mir.« Der Pastor erhob sich von der Bettkante und blieb abwartend stehen.
Er hatte am Pastor vorbei zum Bett seines Vaters geblickt und sofort gesehen, dass es leer war.
»Wo ist mein Vater ...?«
»Zieh dich an, Klaus, und komm mit mir, mein Junge.«
Als er sein Hemd vom Stuhl nehmen wollte, sah er, dass der Öllappen genau auf dem Fleck lag.
Und in diesem Moment wusste er alles.

»Es ist nicht unsere Aufgabe, über diese unglückseligen Menschenkinder zu richten. Das ist die Aufgabe des Herrn. Er allein weiß, warum etwas so ist, wie es ist. Denn Er ist der Schöpfer des Himmels und der Erden. Wir können nur unsere Stimme zum Gebet erheben und Ihn bitten, seine schützende Hand über diesen jungen Waisen zu halten.
So bitten wir Dich denn, o Herr, lasse Dein gnädiges Angesicht leuchten über diesem jungen Menschen, gib ihm die Kraft, nicht an Deinem weisen Ratschluss zu zweifeln. Amen.«
Das Amen der vollzählig angetretenen Gemeinde klang eher wie ein Erleichterungsseufzer nach Beendigung eines unrühmlichen Kapitels. Der Bauer war einige Tage zuvor beerdigt worden. Wegen der Beisetzung seiner Eltern auf dem Friedhof hatte sich die Dorfgemeinschaft fast entzweit. Bis der Bürgermeister ein Machtwort sprach. Der Pastor kam die drei Stufen von der Kanzel herunter und schüttelte ihm die Hand. Die Dorfbewohner schauten ihm neugierig nach, als der Pastor ihn an die Hand nahm und sie beide den Särgen seiner Eltern hinterhergingen.
Die Akte wurde schnell geschlossen. Der Abschiedsbrief des Vaters an den Jungen, in dem er die Tötung seiner Frau und ihres Geliebten gestand, wurde der Akte der Kriminalpolizei zugeheftet. Die

Akte übrigens ging bald darauf auf Wanderschaft, bedingt durch die Zuständigkeiten in der britischen Besatzungszone. Viele Jahrzehnte später landete sie durch Veränderungen in den Kommunen im großen Aktenarchiv der Polizei Hamburg. Vielleicht landete sie da aber auch nur, weil niemand wusste, wohin mit ihr.

An einem Donnerstag im September saß er im Zug nach Hamburg. Es war sein vierzehnter Geburtstag. Aber das hatte er keinem erzählt. Er sollte jetzt bei seiner Tante leben, der Schwester seiner Mutter.

Einmal, er hatte schon einige Wochen bei seiner Tante und seinem Onkel gewohnt, sagte er, als die Tante über seine Mutter sprach, dass sie eine Hure gewesen sei. Seine Tante brach in Tränen aus, sein Onkel gab ihm eine Ohrfeige.

Im darauf folgenden Sommer drängelte sich im Schwimmbad ein Mann zu ihm in die Toilette, als er gerade die Tür schließen wollte. Der Mann legte ihm den Zeigefinger auf den Mund. Der Junge nickte. Da zog ihm der Mann die Badehose herunter und fasste ihm zwischen die Beine.

Der Junge spürte, wie sein Glied sich versteifte. Er mochte dieses Gefühl, er machte es sich häufig selber. Nachts im Bett, unter der Decke. Aber jetzt, wo der Mann es machte, war das Gefühl noch besser. Ein Schauer lief über seinen Rücken. Er fühlte sich sicher bei dem Mann, und er spürte die Hitze, die von dem Körper des Mannes ausging. Und er wollte mehr von dieser Wärme. Deshalb lehnte er sich gegen den Mann, und als seine Lippen die Hüfte des Mannes berührten, seufzte er.

Wie lange war das her? Über vierzig Jahre? Ja, über vierzig Jahre. Der Mann nickte bestätigend mit dem Kopf. Und er hatte begriffen. Alles hatte er begriffen. Vor allen Dingen aber hatte er begriffen, dass gerade kleine Jungen geliebt und beschützt sein wollen.

Seit über einer Stunde beobachtete er nun einen Jungen, der da unten auf dem kleinen Bootssteg saß. Elf oder zwölf Jahre mochte er alt sein. Er machte einen einsamen Eindruck. Eine Frau ging mit

ihrem Hund vorbei. Sie sah zu dem Jungen, dann blickte sie im Vorbeigehen zu dem Mann hin.
Die Dämmerung kam, aber der Junge machte keinerlei Anstalten, nach Hause zu gehen.
Hier unten am Mühlenteich saß ein sehr einsamer Junge. Der Mann konnte die Einsamkeit riechen. Er war ein Spezialist für Einsamkeit. Für wirkliche Einsamkeit.
Der Junge erinnerte ihn an sich selbst, an damals, an früher. Er war auch ein sehr einsamer Junge gewesen. Eigentlich war er immer einsam. Daran hatte sich nie etwas geändert. Bis heute nicht.
Aber er konnte den Jungen doch nicht einfach fragen: »Bist du einsam?«
Wie klang das denn?
»Willst du denn gar nicht nach Hause gehen, mein Junge? Deine Mutter macht sich bestimmt Sorgen« – das hörte sich schon besser an. Vielleicht sollte er ›Eltern‹ statt nur ›Mutter‹ sagen.
Oder vielleicht sollte er dem Jungen sagen, dass er selber mal ein sehr einsamer Junge gewesen war, der sich gefürchtet hatte, nach Hause zu gehen.
Ja, das sollte er sagen. Weil der Junge dann fühlen würde, dass da jemand war, der ihn verstand.

Der Junge

Der Junge wusste schon einige Zeit, dass der Mann da oben am Uferweg auf der Bank saß und ihn beobachtete. Er hatte keine Angst, zumindest nicht vor dem Mann. Vor seinem Vater hatte er Angst. Vor seiner Mutter hatte er auch keine Angst, sie verachtete er nur.
Vor zwei Tagen war er von zu Hause fortgelaufen, aber niemanden kümmerte es. Und das war nicht das erste Mal. Vorhin war der Polizist des Viertels an ihm vorbeigegangen und hatte ihn überhaupt nicht gesehen. Seinen Eltern war es wohl mittlerweile egal, wenn er weglief. Sie vertrauten darauf, dass er irgendwann wieder da war.

Aber vielleicht vertrauten sie auch gar nicht, vielleicht war es ihnen einfach nur egal.
Er hatte ja die Schlüssel. Für einen Moment überlegte er. Ob er sie ins Wasser werfen sollte? Um sich selbst zu zeigen, dass er nie wieder zurück nach Hause gehen würde. Aber er entschied sich dagegen. Sein Herz war eng.
Am Morgen war er in die Stadt gefahren. Hinter dem Hauptbahnhof war wenig los gewesen. Nur einige Junkies waren da. Die Polizei hatte sie gut im Griff. Bei dem Obststand im Bahnhof klaute er zwei Äpfel. Niemand bekam das mit. Er war gut im Klauen. Perfekt. Weil es ihm langweilig geworden war, fuhr er mit der U-Bahn zurück. Jetzt saß er auf dem Steg und überlegte, wo er die Nacht verbringen sollte.
Die erste Nacht hatte er im Abbruchhaus am Steindamm geschlafen. Die Hunde hatten ihn gewärmt, und Jacob und Anna hatten ihn beschützt. Ihnen hatte er auch erzählt, wie furchtbar es wieder zuhause gewesen war. Von den Schlägen hatte er erzählt und davon, wie gemein sein Vater zu seiner Mutter war. Jacob und Anna verstanden ihn. Sie waren auch von zu Hause weggelaufen. Aber das war schon länger her. Sie waren keine Junkies, aber sie tranken viel Bier. Aus der Flasche.
Gestern Nacht hatte er hinter seiner Schule geschlafen. Zwar hatte er einen Pappkarton gefunden, doch auch Anfang Juni konnten die Nächte noch kühl sein. Das war schon ein komisches Gefühl, als er von den Stimmen der Jungen und Mädchen geweckt wurde, die am Morgen zur Schule kamen. Er hatte sich durch den Schulgarten verdrückt. Niemand hatte ihn gesehen.
Als er aus der Stadt zurück war, trieb er sich am Wandsbeker Markt herum. Er bettelte ein bisschen. Eine ältere Frau schenkte ihm tatsächlich zwei Euro.
»Ich habe solchen Hunger«, hatte er gesagt.
»Hier, aber nicht für Zigaretten«, hatte die Frau gesagt und ihn angelächelt. Er hatte sich ein belegtes Brötchen gekauft und ein trockenes. Bei Karstadt klaute er aus dem Grabbelkasten drei CDs,

aber das waren nur Billigdinger, die würden in dem kleinen Kramladen nicht viel bringen. Vielleicht drei Euro zusammen. Der Junge war sich sicher, dass der Inhaber des Ladens wusste, dass die CDs geklaut waren. Aber der sagte nie etwas, und er fragte auch nie etwas. Die teuren CDs waren mit einem Sicherheitsrahmen versehen, und weil man den schlecht aufbekam, lohnte sich das Klauen nicht.

Der Nachmittag war insgesamt erfolglos gewesen. Einmal hatte er fast die Chance gehabt, eine Geldbörse aus der offenen Handtasche einer Frau, die vor ihm ging, zu stehlen. Aber als er gerade seine Hand ausstrecken wollte, drehte sich der Mann, der neben der Frau ging, um und sah ihn direkt an. Der Junge hatte unbeteiligt getan, und der Mann hatte der Frau gesagt, sie solle gefälligst ihre Tasche schließen.

Die Nacht senkte sich über die Stadt. Das Wasser wurde immer schwärzer und machte kleine, schmatzende Geräusche, wenn es an die Pfähle schlug.

Als der Junge die Schritte auf dem Steg hörte, spannte sich sein Rücken etwas. Dann machten die Schritte genau hinter ihm Halt, und er hörte den Mann atmen.

»Musst du denn nicht langsam nach Hause, Junge? Deine Eltern werden sich Sorgen machen. Es ist schon acht Uhr vorbei.«

»Meine Eltern machen sich ganz bestimmt keine Sorgen.«

Der Mann sah den Jungen genauer an. Dessen Gesicht hatte etwas Verschlossenes, und er hatte einen Schatten um das linke Auge.

»Hat dich jemand geschlagen?«

»Nicht jemand, mein Vater.«

»Vielleicht wollte er dich etwas lehren und hat es nur gut gemeint ...«, sagte der Mann und legte dem Jungen die Hand auf die Schulter.

»So'n Quatsch ...«, sagte der Junge, »... mein Vater meint es nicht gut. Er ist ein gemeiner, versoffener Arsch.«

»Und deine Mutter?«

»Meine Mutter lässt sich verprügeln und macht nichts. Nichts. Nichts. Nichts.«

»Ich war selber ein einsamer Junge. Ich verstehe gut, wovon du redest«, sagte der Mann.
»Wie ...?«, sagte der Junge und stand auf.
»Ach, nichts ...«, sagte der Mann. »Hast du Hunger?«
»Und wie ...«, sagte der Junge.
»Dann sollten wir uns etwas zu essen kaufen. Vielleicht Hamburger. Wie heißt du eigentlich?«
»Klaus ...«, sagte der Junge.
»Was für ein Zufall ...«, sagte der Mann, »... ich heiße auch Klaus. Wenn das man kein gutes Zeichen ist.«

Tag Zwei:
Sonntag

Eins

Dorothea kam nackt aus dem Bad und sagte: »Ich glaube, du brauchst sofort Sex, Philipp. Du bist den ganzen Morgen schon so angespannt. Das kann ich als Ärztin, Frau und Geliebte nicht verantworten.«

Währenddessen hob sie beide Arme über den Kopf, damit ich sehen sollte, wie sich ihre Brüste strafften. Dann drehte sie sich zum Türrahmen, schwenkte ihr Hinterteil und wand sich wie eine Stripease-Tänzerin um die Tanzstange.

»Du willst es doch auch ...«, sagte sie.

»Ich ...«, sagte ich.

»Ja, nimm mich einfach ...«, sagte sie.

»Du bist süß, aber ...«, sagte ich.

»Genau, Sex ist gesund, und ich liebe es morgens ganz besonders, wenn ich genommen werde.« Dorothea löste sich vom Türrahmen und kam auf mich zu.

Wir frühstückten im Garten, hatten zuvor Krischan Schäfer, der mein Haus in Kampen das ganze Jahr versorgte und an diesem schönen Frühsommertag an den Blumen arbeitete, gefragt, ob er auch Hunger habe. Aber Krischan lehnte dankend ab. Er hatte sein Frühstück schon gehabt.

»Du bist verrückt«, sagte ich zu Dorothea und lächelte sie an.

»Ich mag entspannte Männer.«

»Wie soll der Tag ablaufen«, fragte ich.

»Wir sitzen noch ein bisschen in der Sonne, dann packen wir vielleicht unser Zeugs zusammen, oder ...« Sie murmelte etwas, biss aber gleichzeitig vom Brötchen ab, sodass ich nichts verstand.

»Was ...?«
»Wie was ...?«, sagte sie.
»Ich hab nicht verstanden, was du zum Schluss gesagt hast?«
»Du musst auch nicht alles verstehen, aber es war, glaube ich, so etwas wie ›... wenn uns nichts dazwischenkommt‹«, sagte Dorothea, trank einen Schluck Kaffee und lächelte mich an.
»Wie dazwischenkommt ...?«, sagte ich.
»Danach fahren wir zu Gosch in List, essen eine Kleinigkeit zu Mittag und dann geht's auf den Autozug und ab nach Hamburg.«
»Danach ...?« Ich zündete mir eine Zigarette an.
»Wenn du weiterhin den Blöden spielst, dann frage ich eben Schäfer ...«, Dorothea goss sich Kaffee ein.
»Das ist ein alter Mann ...«, sagte ich.
»Ach ja ...?« Dorothea blinzelte in die Sonne.
»So könnten wir es machen ...«, sagte ich, »... danach zu Gosch und dann nach Hamburg.«
»Siehst du, geht doch und tut auch überhaupt nicht weh, Philipp. Das war ein schönes Wochenende, und der Gedanke, morgen wieder in der Praxis stehen zu müssen, überzeugt nicht so recht.«
»Wärest du so reich geboren wie ich, dann bräuchtest du dir diese Gedanken nicht zu machen«, sagte ich.
»Dafür hab ich promoviert.«
»Und ich hab euch Mädchen die Türen zu den Tempeln des Wissens geöffnet, damit ihr ganz schnell lernen könnt ...«
»Wie meinst du das denn ...?« Dorothea sah mich an.
»Ich habe den Frauen damals in der Uni immer die Türen aufgehalten, ihnen vor der Vorlesung aus den Jacken und Mänteln und nach der Vorlesung wieder in dieselben geholfen. Ich habe die Frauen aktiv unterstützt, ich war es, der die Bedingungen, unter denen gelernt wurde, so angenehm wie möglich gestaltet hat. Dass Frauen heutzutage schöne Berufe haben, das ist auch mein Verdienst, nicht allein der meinige, aber immerhin ...«
»Viele Frauen wollten doch bestimmt nicht, dass du ihnen in den Mantel hilfst ...«

»Da kannst du sicher sein, dass sie das zuerst nicht wollten, aber dann haben sie es genossen ...«
»Genossen ...?«
»Ja, genossen ...«, sagte ich und zog an meiner Zigarette, »... in der Zeit, wo ich ihnen den Alltagskram wie Anziehen und Ausziehen abnahm, da konnten sie über das nachdenken, was sie in der Vorlesung gelernt hatten, konnten es verarbeiten und vielleicht auf Dauer begreifen.«
»An- und Ausziehen ... auf Dauer begreifen. Das ist mir dann doch zu viel an Entspannung. Das habe ich nicht gewollt ...«, sagte Dorothea, »... also fahren wir ohne ›danach‹ zu Gosch. Und jetzt räum bitte ab, sonst habe ich eine Doppelbelastung.«
Ich stand auf und gab ihr einen Kuss.

Der Junge

Zwei Tage wohnte er nun schon in dem kleinen Haus des Mannes, der Klaus Bremer hieß. Den Namen hatte der Junge jedenfalls auf dem Türschild gelesen. Vier Tage war er nun schon von zu Hause fort. Am Mittwochabend war er abgehauen, heute war Sonntag.
Der Mann war komisch, fand der Junge. Er war so sanft und versuchte, dem Jungen viele Gefallen zu tun. Angst hatte der Junge nicht, ihm war ein bisschen unheimlich, und das Haus war dunkel und roch muffig. Manchmal machte der Mann Geräusche, er schnaubte dann wie ein Pferd. Seine Lippen flatterten richtig. Das sah einfach komisch aus. Angefasst hatte der Mann den Jungen nicht. Er war ihm mit der Hand über den Kopf gefahren. Einmal wollte der Mann mit ihm Scrabble spielen, aber darin war der Junge nicht gut, er wollte lieber fernsehen.
Sie saßen meistens in einem Raum, den der Mann Wintergarten nannte und aus dem man auf den hinter dem Haus gelegenen Garten sah.

Im Wohnzimmer, das zur Straße hinausging, waren die Gardinen zugezogen. Da stand auch der Fernseher.
»Muss ja nicht jeder sehen, dass du im Haus bist. Bleib einen Augenblick hier stehen«, hatte der Mann gesagt, als sie am ersten Abend, nachdem er bei McDonald's eingekauft hatte, das Haus betraten. Er hatte nur Licht im Flur gemacht und war ins dunkle Wohnzimmer gegangen und hatte die Gardinen zugezogen.
»Arbeitest du?«, fragte der Junge.
»Du meinst, ob ich jeden Tag zur Arbeit gehe und Geld verdiene?«
»Ja ...«
»Nein, nicht mehr. Diese Zeit ist vorbei, so kann ich meinen Gedanken nachhängen. Ich kann gut mit mir auskommen.«
»Bist du reich ...?«, fragte der Junge.
»Oh, nein ...«, der Mann lachte, »wie kommst du denn darauf?«
»Das schöne Haus ...«, sagte der Junge leise, »... die vielen Sachen. Wir haben nicht so viele Sachen und nur eine kleine Wohnung.«
»Das Haus habe ich von meiner Tante und meinem Onkel geerbt. Die hatten keine Kinder, musst du wissen. Ich bin in diesem Haus aufgewachsen, damals ...«, der Mann stockte, »damals bin ich hier hergekommen, nachdem mein Vater ...« Der Mann hörte auf zu sprechen und starrte in den Garten.
»Was war mit deinem Vater?«, der Junge sah ihn an. Der Mann spürte es genau.
»Mein Vater ... mein Vater ... ist schon lange tot«, sagte der Mann.
»Und deine Mutter ...?«
»Die ist auch schon lange tot. Die ist schon vor meinem Vater gestorben. Damals ...«
»Dann bist du deshalb zu deiner Tante gekommen, weil deine Eltern tot waren und du klein.«
»Ja, deshalb«, sagte der Mann.
»Warst du traurig ...?«
»Wann ...?«
»Als deine Eltern tot waren«, sagte der Junge.

»Ich weiß es nicht mehr ...«, sagte der Mann.
»Du weißt es nicht mehr ...?«
»Nein ...«, sagte der Mann. »Ich habe es vergessen.«
Es schien dem Mann überhaupt nichts auszumachen, sich den ganzen Tag mit einem zwölfjährigen Jungen abzugeben und sich mit ihm zu unterhalten. Ganz im Gegenteil, dem Mann schien es besonderen Spaß zu machen. Sie schauten zusammen Filme im Fernsehen, und der Mann freute sich vor allem über Sendungen, wo Kindern etwas erklärt wurde.
»Das ist doch wirklich interessant ...«, sagte der Mann, als in einer Sendung gezeigt wurde, wie Gießkannen gebaut werden und wie richtige, dicke Birnen in französische Birnenschnapsflaschen kommen.
Der Junge hörte noch, wie der Mann das sagte. Dann schlief er ein, denn in dem Raum war es warm und stickig. Und er fühlte sich wohl und sicher, denn er musste nicht fürchten, dass sein Vater kam und ihn einfach so verprügelte. Als der Junge nach einer halben Stunde aufwachte, sah er als Erstes, dass der Mann ihn betrachtete und anlächelte, und er spürte, dass der Mann ihn mit einer Wolldecke zugedeckt hatte.
»Hast du eine Frau?«, fragte der Junge.
»Nein ...«, sagte der Mann und schüttelte den Kopf, »... hast du eine gesehen?«
»Ist deine Frau auch tot ...?«
»Ich war nie verheiratet, ich habe immer alleine gelebt. Und lebe auch jetzt allein. Aber jetzt bist du ja hier.«
»Soll ich immer hier leben ...?« Der Junge sah ihn an.
»Nein ...«, sagte der Mann, »... das wird wohl nicht gehen.«
»Ich habe Durst, kann ich mir etwas holen?«
»Bleib ruhig sitzen, ich hole dir gern eine Cola.«
»Kann ich schon selber ...« Der Junge sprang vom Sessel auf. Dabei rutschte die Decke dem Mann vor die Füße. Er hob sie auf und legte sie genau zusammen. Der Junge kam mit einer geöffneten Flasche Coca Cola in der Hand aus der Küche zurück.

»Hier wird nicht aus der Flasche getrunken. Nimm dir bitte ein Glas, du weißt ja, wo die Gläser stehen.«
Der Junge drehte um und kam mit einem Glas zurück, vorsichtig goss er Cola in sein Glas.
»Ordnung muss schon sein ...«, sagte der Mann. »Es wollen vielleicht auch andere Cola trinken. Und die müssen dann deine Spucke ...«
»Ist doch keiner hier«, sagte der Junge.
»Doch, ich ...«, sagte der Mann und stand auf. Er legte für einen Moment beide Hände auf die Schultern des Jungen.
»Doch, ich ...«, wiederholte der Mann. »Wo schläfst du eigentlich sonst, wenn du ausgerissen bist?«
»Och ..., hinter meiner Schule, und in St. Georg am Steindamm kenn ich ein Haus, das ist vollkommen leer. Das soll, glaube ich, abgerissen werden. Aber es passiert nichts. Da schlafen viele Junkies und andere Leute, die eigentlich auf der Straße leben. Ich hab da sogar einen Freund, Jacob, der beschützt mich, wenn ich da bin. Und seine Freundin Anna ist auch nett zu mir. Die haben zwei Hunde. Wenn ich mit denen zusammen bin, muss ich keine Angst haben. Das Haus ist aber nicht ungefährlich, denn es ist bröckelig ...«
»Bröckelig ...?«
»Ja, es fehlen Geländer, und auch Wände sind rausgebrochen. Darf ich noch Cola?«
»Klar, du musst nicht fragen ...« Der Mann führte seine Nase ganz dicht an den Körper des Jungen und sog die Luft ein. »Junge, du riechst, und deine Kleider stinken. Wann hast du dich das letzte Mal gewaschen?«
»Mittwoch.«
»Mittwoch, dann musst du unbedingt baden ...«
»Ich habe mir aber zwischendurch die Hände gewaschen ... auch hier.«
»Das reicht nicht aus, zieh dich aus. Ich lass dir Badewasser ein.«
»Nein ...«, sagte der Junge.
»Nein ...?«, der Mann sah ihn an.

»Nein ...«, sagte der Junge.
»Und warum nicht, wenn ich fragen darf?«
»Niemand soll mich so ... so ... ohne Sachen sehen. Und anfassen soll mich auch keiner. Das hat schon mal einer versucht. Dann schreie ich ...«
Der Mann schloss für einen Moment die Augen. Mit der rechten Hand wischte er an der Hosennaht entlang. Aus seinem Mund entwich Luft.
»Schreien musst du nicht, ich tu dir nichts ... was für ein blöder Gedanke. Aber baden musst du trotzdem. Und ich muss deine Kleidung waschen. Die stinkt.«
»Und was soll ich anziehen, wenn alles nass ist?«
»Ja, was sollst du anziehen, Sachen von mir gehen wohl schlecht ...?«
Der Junge lachte laut auf, setzte sich wieder in den Sessel und trank einen Schluck von seiner Cola.
»Sind deine Eltern immer in eurer Wohnung?«
»Nein, meine Eltern sind in ihrer Kneipe, oder sie treffen sich mit einem Freund meines Vaters. Der wohnt um die Ecke. Aber meistens sitzen sie im ›Specht‹.«
»Kannst du nicht hinlaufen, und wenn keiner da ist, dir Anziehsachen holen? Jetzt ist es kurz nach acht. Wenn du so gegen neun hingehst, dann sitzen deine Eltern schon in der Kneipe ... oder ... ich kann doch nicht mit dir hier morgen 'rumlaufen und Kleidung kaufen.«
»Da geh ich nicht hin, das mach ich nicht. Ich finde, meine Sachen sind noch sauber.«
»Sind sie nicht ...«, sagte der Mann.
»Dann geh du doch ...«, sagte der Junge und zog aus seiner Hosentasche ein Schlüsselbund, »... geh du doch. Ich sag dir genau, wo meine Sachen sind.«
»Ich kann doch nicht in eure Wohnung gehen ... einfach so.«
»Doch kannst du ...«, sagte der Junge und legte die Schlüssel auf den Tisch, »... und in der Zwischenzeit bade ich.«
»Aber ...«, der Mann betrachtete die Schlüssel.

Der Junge erklärte ihm die Wohnung und sagte ihm, welche Sachen er gern hätte.
»Und wie heißt ihr, welcher Name steht an der Tür?«, fragte der Mann.
»Wodarz ...«, sagte der Junge. »Wir heißen Wodarz, und mit Vornamen heiße ich Klaus, aber das weißt du ja schon.«

Die Frau

Marlene Wodarz ging es nicht richtig gut. Sie hatte einiges getrunken. Aus der Kneipe hatte man sie eben gewiesen, obwohl sie nur noch einen letzten Schluck allein nehmen wollte, nachdem die Männer, die sie hierher mit auf Tour genommen hatten, sich verabschiedet hatten. Die Männer hatten auch viel getrunken, der eine machte eine Menge Sprüche, natürlich auch anzügliche. Aber das war ihr egal. Und er versuchte immer wieder, Marlene unter den Rock zu greifen. Irgendwann hatte sie ihn gelassen und die Beine sogar ein wenig für ihn geöffnet. Er hatte an ihrem Slip gezerrt. Er war ausdauernd. Als er ihren Slip endlich auf ihren Schenkeln hatte, flüsterte er mit einer vor Aufregung rauen Stimme: »Komm mit aufs Klo ...« Aber sie war nicht mitgegangen.
Der Mann roch gut, er hatte ein angenehmes After Shave, zumindest nicht so billiges Zeug. Seine Lederjacke sah auch gut aus.
Marlene Wodarz war mit ihren neunundzwanzig Jahren eine hübsche Frau, nur unter ihren Augen waren Ränder vom Trinken, und ihre Haut zeigte Rötungen. Aber ihre blonden Haare machten alles wett, und natürlich ihre Brüste. Sie fühlte es immer, wenn ihr die Männer auf die Brüste starrten, sie musste die Männer dabei nicht sehen. Marlene Wodarz war stolz auf ihre Brüste. Sie mochte es, wenn sie spürte, dass ein Mann scharf auf sie war. Das gab ihr ein Gefühl von Macht.
Die drei Männer waren nicht aus Hamburg, sie hatten einen kleinen Ausflug gemacht. Aus ihren Reden hörte sie heraus, dass die Ehe-

frauen zu Hause waren. Für einen Moment hatte sie überlegt, ob sie mit dem Mann in ein Hotel ginge, wenn er sie fragen würde. Der Gedanke hatte ihr gefallen, aber der Mann hatte nicht gefragt. Und dann war der Gedanke auch schon verflogen. Nachdem der Wirt eine weitere Runde gebracht hatte, blieb er einen Moment stehen und starrte auf den Arm des Mannes, der sich unter ihrem Rock bewegte und sie streichelte. Der Wirt strafte Marlene mit einem Blick, dann wandte er sich ab. Der Mann hatte von alledem nichts mitbekommen, sondern hob den Schnaps und trank ihn mit einem Schluck weg.

»Fass mich auch mal an ...«, sagte er Marlene leise ins Ohr. Aber der Blick des Wirtes hatte ihr gereicht, sie hatte keine Lust mehr. Stattdessen griff sie nach der Hand des Mannes und schob sie aus ihrem Rock.

»Ist ja gut ...«, sagte der Mann, »... dann eben nicht.«

Bald darauf zahlten die Männer die gesamte Zeche und verabschiedeten sich. Am Ausgang sah der Mann sie noch mal an. Er hob die Hand, die unter ihrem Rock gewesen war, an die Nase, roch an den Fingern, verdrehte die Augen und winkte zum Abschied.

Als Marlene ihr Bier ausgetrunken hatte, kam der Wirt an ihren Tisch.

»Sie gehen jetzt bitte auch«, sagte der Mann.

»Aber ich wollte noch ein ...«, sagte Marlene.

»Nichts da, verschwinden Sie, sonst rufe ich die Polizei.«

Da war Marlene aufgestanden und hatte das Lokal verlassen. Ganz sicher war sie nicht mehr auf den Beinen. Vor dem Lokal wurde ihr für einen Moment schwarz vor Augen. Die Luft war lau, aber die Nacht hatte sich ausgebreitet. Wo war sie hier? Sie wandte sich nach links, denn sie glaubte, dass da eine größere Straße sein musste.

Vor einem Hauseingang wurde ihr wieder schwarz vor Augen. Ihr war übel. Sie übergab sich in einen Vorgarten.

»Sauerei ...«, sagte ein Mann, der mit seinem Hund vorbeiging.

»Arschloch ...«, murmelte Marlene.

Der Mann verlangsamte seinen Schritt und drehte sich um. Als er

sah, dass Marlene leicht schwankte und sich an einem Busch festhielt, machte er eine abfällige Bewegung mit der Hand und setzte seinen Weg fort.
Marlene Wodarz atmete tief durch, bis sich das Schwarz vor ihren Augen lichtete. Aber ihr Herz pumpte, und ihr Körper begann zu schwitzen. Der Schweiß lief ihr über die Augen, zwischen ihren Brüsten wurde es feucht und zwischen ihren Schenkeln klebrig. Außerdem saß ihr Slip nicht richtig. Marlene stellte ihre Handtasche ab und zog ihren Rock hoch, es dauerte eine Zeit, bis der Slip wieder saß. Als sie ihre Handtasche aufheben wollte, fiel sie nach vorn und landete mit dem Oberkörper in dem Busch, an dem sie sich festgehalten hatte.
Der Busch war kräftig, er hielt sie. Aber es dauerte lange, bis sie Halt fand, um sich abzustützen und sie sich wieder aufrichten konnte. Die kleinen Äste hatten in ihre Brüste gedrückt.
»Verdammte Scheiße ...«, sagte Marlene, als sie wieder stand. Sie beugte sich vorsichtig nach vorn, um ihre Handtasche aufzuheben. Aber offenbar hatte sie sie mit dem Fuß umgestoßen. Ihre Sachen waren herausgefallen. Marlene Wodarz ließ sich auf die Knie hinunter, suchte ihre Sachen zusammen und stopfte sie zurück in die Tasche.
An der großen Straße war nicht viel los, vereinzelt gingen Menschen an ihr vorbei. Viele Autos waren auch nicht mehr unterwegs. Sie kniff die Augen zusammen, um auf ihrer Uhr die Zeit abzulesen. Viertel vor neun. Sie musste nach Hause. Als sie nach links schaute, sah sie, dass sie nur wenige Schritte von einer Bushaltestelle entfernt war. Dort wollte sie warten, um sich beim Busfahrer zu erkundigen, wie sie am besten nach Hause käme.
Vielleicht war es besser, ein Taxi zu nehmen. Marlene versuchte sich zu erinnern, wie viel Geld sie bei sich hatte. Aber es wollte ihr nicht einfallen. Das Schwitzen wollte nicht aufhören, der Abendwind brachte nur wenig Linderung.
Sie hatte die Busstation erreicht und hielt sich an dem Pfahl fest, der sie markierte. Sie wurde sehr müde und spürte, wie sie langsam in

sich zusammensackte. Mit viel Mühe zog sie sich noch einmal hoch, um gleich darauf endgültig zusammenzusacken.
Alex kam ihr in den Sinn, und in ihrem Unterleib breitete sich Wärme aus. Alex, dachte sie, wäre er der Richtige gewesen? Angestrengt versuchte sie, sein Bild in ihrem Kopf entstehen zu lassen, aber sie schaffte es nicht. Denn Rainer schob sich davor, und sein Bild war mächtiger, viel mächtiger.

Zwei

»Wir sehen uns morgen«, sagte Dorothea, als ich sie kurz vor neun vor ihrem Haus absetzte.
»Bist du angespannt?«, fragte ich.
»Spinner ...«, Dorothea lachte, »ich bin ganz locker im Hier und Jetzt.«
»Soll ich dir den Koffer hochtragen?«
»Das kleine Ding? Ich glaub, ich schaff das. Wenn nicht, rufe ich dich. Übrigens, die Tür kann ich auch allein aufmachen.«
Dorothea hauchte mir einen Kuss zu. Ich gab Gas und fuhr von der Isestraße in den Eppendorfer Baum.
Wir hatten lange bei Gosch gesessen, weil die Sonne nicht aufhören wollte zu scheinen. Es war noch ein herrlicher Tag auf Sylt gewesen.
Als ich vom Eppendorfer Baum in die Eppendorfer Landstraße einbog, sah ich die Frau sofort. Sie hielt sich an einem Pfahl fest, und es schien, als ob sie jeden Moment in sich zusammensacken würde. Ich brachte den Wagen in der Bushaltebucht zum Stehen und stieg aus.
»Kann ich Ihnen helfen? Ist Ihnen schlecht?«
Die Frau war angetrunken. Sie stierte mich an, als könnte sie mich überhaupt nicht sehen.
»Da bist du ja endlich ...«, sagte sie, »bist du der Bus?«
»Nicht so richtig ...«
»Was heißt das denn?«
»Geht's Ihnen schlecht, soll ich einen Krankenwagen holen?«
»Krankenwagen ... ich will nach Hause. Das ist alles. Nur nach Hause«, sagte die Frau und rutschte wieder abwärts.

»Halt, halt«, sagte ich und fing sie auf, »... schön stehen bleiben.«
»Mach ich ja ...« Die Frau hatte eine Fahne.
»Kannst du mich nach Hause bringen ...?«
»Wo ist denn zu Hause ...«
»In der Wielandstraße.«
»Wo ist das denn?«
»In Wandsbek.«
»Aha ...«
»Und wo sind wir hier?«
»In Eppendorf.«
Ich hielt die Frau fest, denn es war abzusehen, dass sie wieder zusammensacken würde. Wie sollte sie denn jetzt mit dem Bus nach Wandsbek kommen? Als ich das Taxi kommen sah, riss ich den Arm hoch und winkte. Der Wagen hielt und der Fahrer ließ die Scheibe an der Beifahrerseite runter und beugte sich in unsere Richtung.
»Wohin soll's gehen?« Der Fahrer war um die sechzig Jahre alt, und bestimmt war es sein eigenes Taxi.
»Nach Wandsbek, in die Wielandstraße ...«
»Na, denn steigt mal ein ...«
»Nur die Frau ...«, sagte ich und hakte sie unter, um ihr in das Taxi zu helfen.
»Die ist ja besoffen ...«, sagte der Taxifahrer, »die kotzt mir ja den Wagen voll. Nee, danke.«
»Arsch«, sagte die Frau und kicherte.
»Auch noch frech ...« Der Taxifahrer sah mich an.
»Gibt auch ein ordentliches Trinkgeld«, sagte ich und machte mich bereit, dem Taxifahrer fünfzig Euro zu geben.
»Trinkgeld könnt ich auch gebrauchen ...«, sagte die Frau und stieß auf.
»Ist das dein Auto da?« Der Taxifahrer nickte in Richtung meines Golfs.
»Ja.«
»Dann fahr doch deine besoffene Tusse selbst nach Hause ... immer schön Kavalier sein.«

»Gute Idee ...«, sagte die Frau, aber das hörte der Taxifahrer nicht mehr, denn er war schon losgefahren.
»Also doch der Bus ...«, murmelte die Frau, als ich sie auf den Beifahrersitz setzte.

Der Mann

Der Mann hatte dem Jungen das Badewasser eingelassen und ihm alles erklärt. Ihm ein großes Badehandtuch hingelegt. Er suchte sich eine Reisetasche für die Kleidung, suchte die Taschenlampe, fand beides, und verließ das Haus.
Nachdenklich ging er durch die Straßen, die Tasche schlenkerte gegen seine Beine. Als er die Wielandstraße erreicht hatte, nahm er die Straßenseite, an der das Haus des Jungen nicht lag. Er suchte die Fenster, es brannte kein Licht. Aber im Hausflur war es hell. Ein Mann verließ das Haus, ohne sich umzusehen.
Klaus Bremer wartete, bis das Flurlicht erlosch, überquerte die Straße und klingelte bei Wodarz, aber auch nach einem zweiten Klingeln wurde der Türöffner nicht betätigt. Er schloss auf, machte aber kein Licht im Hausflur. Es klappte alles, auch die Wohnungstür ließ sich leicht öffnen. Leise schloss er sie hinter sich. Gegenüber der Wohnungstür war die Tür zum Wohnzimmer, vom Wohnzimmer ging nach rechts der kleine Raum des Jungen ab. Der Junge hatte ihm alles genau erklärt. Aber erst einmal blieb der Mann ruhig stehen und horchte in die dunkle Wohnung. Nichts, kein Geräusch. Kein Fernseher. Kein Schnarchen.
Vorsichtig bewegte sich der Mann und öffnete behutsam die Tür zum Wohnzimmer. Wieder blieb er stehen und horchte. Im Gehen wollte er die Taschenlampe anmachen, aber er stolperte, fiel vornüber und landete auf dem Boden. Die Taschenlampe rutschte ihm weg. Sein Kopf stieß gegen irgendetwas, und er spürte eine Feuchtigkeit im Gesicht. Instinktiv hatte er im Fallen die Tasche losgelassen, um den Sturz abzufangen. Auch an seiner Hand spürte er etwas

Feuchtes. Er hob den Kopf und sah die Umrisse eines Körpers. Seine Hände fuhren über den Boden, und er fand die Taschenlampe. Seine Hände klebten, und die Lampe wäre ihm beinah wieder weggerutscht. Er knipste die Lampe an und sah, dass er in einer Lache von Blut und Gehirnmasse saß. Sein Anzug, seine Hände – alles blutig. Seine Tasche stand halb auf dem Kopf des Menschen, der vor ihm lag, so als hätte jemand sie unachtsam gerade dort abgestellt. Aber er sah das große Loch im Schädel des Mannes, aus dessen Mund jetzt ein leises Röcheln kam und gleich wieder erstarb. Und dann sah er auch den Hammer, der nicht weit entfernt von dem Mann lag.

Klaus Bremer spürte, wie Übelkeit in ihm aufstieg. Der Mann musste auf dem Stuhl gesessen haben, als ihm der Schädel eingeschlagen wurde. Im Fallen hatte er den Stuhl mitgerissen, den Stuhl, der ihn, Klaus Bremer, zum Straucheln gebracht hatte. Oder hatte es einen Kampf gegeben?

Panik ergriff ihn, von dem Mann mit dem Loch kam kein Geräusch mehr. War er in ebendiesem Moment gestorben? Oder hatte er sich das Röcheln nur eingebildet? Klaus Bremer richtete den Strahl der Lampe auf das Gesicht, aus dem zwei Augen ins Leere starrten. In ihm stieg ein Würgen auf. Er sah an sich herunter und sprang auf. Wo, hatte der Junge gesagt, war das Badezimmer?

Es ging vom Flur ab, seine mit Blut beschmierte Hand hinterließ Spuren auf der Türklinke, und als er Licht machte, sah er, dass er auch den Schalter beschmiert hatte. Sein Gesicht sah ihn fremd und blutig an, als er in den Spiegel über dem Waschbecken sah. Klaus Bremer drehte den Wasserhahn auf und griff nach der Seife. Ein kleiner grauer Plocken löste sich von seiner linken Hand. Er wusste genau, was das war und übergab sich.

Das Blut wollte sich nur schwer von seinen Händen lösen, und wenn er das Waschbecken sah und die Seife, dann schien es sogar mehr zu werden.

Dann wusch er sich das Gesicht. Seinen Anzug zu reinigen, konnte er vergessen. Er musste verschwinden. Er trocknete sich Hände und

Gesicht ab, versuchte das Blut vom Lichtschalter und von der Türklinke abzuwischen, aber das misslang. Als er das Handtuch feucht machte, verschmierte das Blut auf dem Lichtschalter nur noch mehr, und das Licht ging aus.
Klaus Bremer fluchte und warf das Handtuch weg. Er musste die Tasche holen und auf der Stelle verschwinden. Er hob das Handtuch wieder auf und wischte die Taschenlampe ab, dann legte er das Handtuch aufs Waschbecken.
Als er den kleinen Flur betrat, hörte er Stimmen und wie der Schlüssel ins Loch gesteckt wurde.

Drei

»Wenn Sie mir ein bisschen helfen, werde ich Sie schnell nach Hause bringen.«
»Vielen Dank«, sagte die Frau.
»Bitte ...«, sagte ich, »wie ich nach Wandsbek komme, weiß ich, aber dann müssen Sie mir helfen.«
»Mach ich ...«, sagte sie, »darf ich rauchen?«
»Bitte sehr«, sagte ich, bot ihr eine von meinen an und nahm mir dann selber eine.
Schweigend rauchte die Frau vor sich hin, sie ließ sich lange Zeit zwischen den Zügen, sodass ich schon dachte, sie sei eingeschlafen. Aber sie rauchte nicht, weil sie weinte.
»Was ist mit Ihnen? Katerstimmung?«
»Ach ...«, sagte sie, »ach ...«
»Freund oder Mann weg ...?«, fragte ich.
»Nein.«
»Mmh ...«, sagte ich, weil ich nichts zu sagen wusste.
Es war noch wenig Verkehr auf den Straßen und bald würde Wandsbek erreicht sein. Warum hatte ich die Frau nicht sich selbst überlassen? Sie wäre schon nach Hause gekommen. War ich etwa für die Welt verantwortlich?
»Mein Sohn ist wieder weggelaufen ...«, sagte die Frau.
»Wieder ...?«
»Ja, letztes Jahr hat er damit angefangen ...«
»Wie alt ist er?«
»Zwölf Jahre ...«
»Da sind Sie aber früh Mutter geworden«, sagte ich.
»Ja, mit siebzehn, von dem Mann, der in unserer Nachbarwohnung

lebte. Ich habe ihn geheiratet, er ist zwölf Jahre älter als ich.« Sie zuckte mit den Schultern.
»Und waren Sie bei der Polizei wegen Ihres Jungen ... was sagen die?«
»Ach, die Polizei, die sagt immer das Gleiche. Der kommt schon wieder«, die Frau schniefte und sog an der Zigarette. Sie betrachtete intensiv ihre Hände und bewegte sich fast gar nicht.
»Die kümmern sich nicht, zumal wenn's schon mehrmals vorgekommen ist und es keinen Verdacht auf ein Verbrechen gibt. Man muss sowieso 24 Stunden warten, bevor die eine Vermisstenmeldung rausschicken.«
»Nicht unlogisch«, sagte ich.
»Logisch ...«, sagte die Frau, »und wenn man zu häufig kommt, weil das Kind weggelaufen ist, dann schicken sie einem die Jugendfürsorge auf den Hals und nehmen einem das Kind weg.«
»Und Ihr Mann ...?«
»Mein Mann ...?« Die Stimme der Frau klang irritiert.
»Ja, ich meine ...« Ich kam ins Stocken.
»Mein Mann, den Arsch ... den interessiert das nicht. Da hinten müssen Sie rechts.«
Das Gespräch war erstorben. Auf dem Fußweg sah ich eine Frau wild gestikulierend gehen. Sie war allein und sprach mit irgendeinem Gespenst, das ich nicht sehen konnte.
»Keiner hilft einem ...«, sagte die Frau, »eigentlich ist man allein.«
»Ich habe einen Freund bei der Polizei, ziemlich hoch ist der da. Soll ich den mal anrufen?«
Warum hatte ich das gesagt?
»Würden Sie das tun? Mir helfen, meinen Sohn zu suchen?«
»Fürs Suchen bin ich wohl nicht der Richtige. Aber ich rufe meinen Freund an. Und melde mich dann bei Ihnen.«
»Mein Sohn heißt Klaus Wodarz, und ich bin Marlene Wodarz. Klaus ist ein lieber Kerl, aber wir haben es nicht einfach, wenn Sie wissen, was ich meine.«

»Und ich heiße Philipp Freyberg. Wenn wir da sind, schreibe ich mir Ihre Telefonnummer auf und gebe Ihnen meine Karte.«
»Da hinten wohne ich ...«, sagte die Frau.
Frau Wodarz wohnte im ersten Stock. Sie brauchte etwas Zeit, um die Haustür aufzuschließen.
»Ich bring Sie eben noch zu Ihrer Wohnung«, sagte ich.
Sie musterte mich, dann nickte sie. Als sie den Wohnungstürschlüssel in das Schlüsselloch steckte, drehte ich mich um und ging die Treppen hinunter.
»Ich melde mich bei Ihnen«, rief ich zurück, »... versprochen.«
»Vielen Dank«, sagte die Frau.

Der Mann

Klaus Bremer konnte nicht verstehen, was gesagt wurde. Er löschte das Badezimmerlicht und stellte sich hinter die Eingangstür.
»Vielen Dank«, hörte er eine Frauenstimme sagen, als die Wohnungstür geöffnet wurde. Er hörte, dass jemand die Treppe hinunterging und etwas von ›Versprechen‹ sagte. Er hielt den Atem an.
Die Frau stand für einen Moment in der Türöffnung, Bremer konnte sie nicht sehen, nur ihren Schatten. Dann schloss sie die Tür und versuchte gleichzeitig, den Lichtschalter zu finden.
In dem Moment, als sie den Lichtschalter betätigen wollte, war Bremer hinter ihr und presste seine Hand fest auf ihren Mund. Er hatte erwartet, dass die Frau mehr Gegenwehr leisten würde, aber sie schien starr vor Schreck zu sein.
»Seien Sie ganz ruhig ...«, sagte er in ihr Ohr, »es wird ihnen nichts passieren.«
Als sie ihn sprechen hörte, schien ihr Widerstand erwacht, denn sie versuchte sich ihm zu entwinden. Dabei machten sie beide ein paar Schritte vorwärts in Richtung Wohnzimmer. Die Frau versuchte jetzt nochmals, sich seinem Griff zu entziehen, ihm in die Hand zu beißen, aber damit hatte er gerechnet und den Druck seiner Hand

verstärkt. Schließlich versuchte sie, ein Bein zwischen seine Beine zu drängen. Dabei kam sie selbst ins Straucheln, und Klaus Bremer konnte sie nur schwer halten.
»Geben Sie Ruhe«, sagte er.
»Mmm ... mmm«, machte sie und zog ihn mit sich. Mit einem Absatz trat sie auf seinen Fuß. Es tat höllisch weh, und beinahe wäre sie ihm entwischt. Jetzt warf sie sich nach vorn, als wollte sie ihn mit auf den Boden reißen. Klaus Bremer löste den rechten Arm, mit dem er sie umschlungen hielt. Dann schlug er ihr die Taschenlampe auf den Hinterkopf. Er fühlte, wie sie das Bewusstsein verlor und schwer wurde. Er ließ sie los, und sie landete in der Blutlache.
Kein Laut war von ihr zu hören.
Einen Moment noch starrte Klaus Bremer auf die Frau. Er hatte sie k. o. geschlagen.
Und dann horchte er an der Wohnungstür. Als er sie öffnete, war das Minutenlicht schon ausgegangen. Er schlich, die Taschenlampe in der Hand, die Treppen hinunter.

Vier

Was war das denn für eine Geschichte, dachte ich, als ich zurückfuhr? Die Frau machte eigentlich einen ganz sympathischen Eindruck, sie war angetrunken und ein bisschen desperat. Na und? Und ihr Junge? Warum haute er ab? Schlug ihn sein Vater? Schlug er die Mutter? War es die um sich greifende Wohlstandsverwahrlosung, von der man jetzt so viel hören und lesen konnte? Von Kindern, deren Eltern selbst dann keine Zeit für sie hatten, wenn sie arbeitslos waren? Von Kindern, die ungewaschen, unausgeschlafen und hungrig zur Schule kamen, die nicht still sitzen und zuhören konnten, die hyperaktiv waren und deshalb mit Ritalin abgefüllt wurden? Die schlugen, weil sie nicht wussten, dass das Schmerz bereitet? Die von den Erwachsenen in Stich gelassen wurden, weil die irgendetwas mit der Ich-AG falsch verstanden hatten?
Ich dachte an meine Erziehung und zündete mir eine Zigarette an. So richtig viel Zeit hatten meine Eltern nicht gehabt, aber sie hatten Geld, viel Geld. Ich hatte Kindermädchen, zu essen bekam ich auch immer, und sogar sehr gutes Essen, denn wir hatten eine Köchin. Und ich wurde sogar bedient bei Tisch. Na ja, damals war eben alles besser gewesen. Wie immer und überall.
Da ich versprochen hatte, Reinhart Reuther, den Commissario anzurufen, würde ich es auch tun. Aber was würde das helfen? Wenn der Junge dabei war, ein Herumtreiber zu werden, wer sollte das aufhalten? Die Eltern? Das Jugendamt?
Vielleicht waren die Zeiten einfach nicht gut für Kindererziehung. Das Fernsehen, das offensichtlich die meiste Zeit für die Kinderbetreuung zuständig war, hatte eben einen schlechten Job gemacht. Das Fernsehen war also doch nicht der gute ›Big Brother‹, der, wie

früher üblich, die Kleinen beschützte. Früher war eben doch alles besser gewesen. Da war es nur gut, dass fast keine Kinder mehr geboren wurden.

Welches Signal gab Erfurt der Gesellschaft? Welches Signal gaben immer mehr auf der Straße herumstreunende Kinder der Gesellschaft? Die Familie ist die Keimzelle der Gesellschaft, tönten die Politiker. Aber die Keimzelle zerfiel. Zerfiel auch die Gesellschaft? Über die Hälfte der Kinder kannten keine gemeinsame Mahlzeit am Tag mehr mit den anderen Familienmitgliedern. Gekocht wurde immer weniger, schon überhaupt nicht gemeinsam. Schnellgerichte seien der wachsende Markt, konnte man im Wirtschaftsteil der Zeitungen lesen. Der heimische Herd war ausgelagert, er stand jetzt beim Pizza-Service um die Ecke oder hatte sich in einen Wok beim China-Imbiss verwandelt.

Ich dachte an meine verstorbene Tochter, Sophie, und ich spürte Tränen. Auf welchem Trip war ich denn? Wollte ich mir so spät am Abend noch den Blues holen, den Kulturpessimisten geben oder zu der Überzeugung kommen, dass wir sehenden Auges auf den Abgrund zu marschierten?

›Nichts ist so beständig wie der Wandel‹, wer hatte das gesagt? Vielleicht war es der beständige Schmerz des Wandels, der uns so mürbe machte. Vielleicht hatten wir nur geträumt, die Welt würde irgendwann zum Stillstand kommen, und alles wäre gut. Aber als wir dann die Augen öffneten, spürten wir, dass wir uns getäuscht hatten. Wir wollen die Ordnung und begreifen nicht, dass die Unordnung der tatsächliche Zustand unseres Daseins ist. Wir drehen an einer Schraube, die die Maschine rund laufen lassen soll, aber wir wissen nicht, dass dadurch eine andere Schraube falsch eingestellt wird. Was für ein Spiel.

Ich parkte den Wagen in der Garage und nahm meinen Koffer. In meiner Wohnung lüftete ich, goss mir ein Glas Weißwein ein und begann, den Koffer auszuräumen.

Niemand hatte angerufen, der Anrufbeantworter sendete keine Signale aus. Ich hatte mir vorgenommen, morgen Utz Peters, den Chef-

redakteur der Illustrierten, für die ich manchmal schrieb, anzurufen. Wir hatten uns Anfang der vergangenen Woche locker zu einem Mittagessen für die kommende Woche verabredet. Wir wollten ausloten, ob ich nicht mal wieder was schreiben sollte.
Der Gedanke kam schnell. Vielleicht sollte ich mich an einen größeren Artikel wagen, der von Kindern handelte, die auf der Straße lebten. Ich könnte bei Pädagogen, Psychologen und anderen Experten recherchieren. Ich müsste versuchen, mit solchen Kindern zu sprechen, die von zu Hause abgehauen waren. So schwer dürften sie in einer Stadt wie Hamburg nicht zu finden sein. Ich müsste mit Leuten vom Jugendamt sprechen, bestimmt war genügend Material da. Ich musste es nur zusammenfügen. Der Gedanke elektrisierte mich. Ich müsste mit Eltern sprechen, deren Kind, aus welchen Gründen auch immer, abhanden gekommen war. Da hatte ich mit Marlene Wodarz schon die erste Kontaktperson.
Wo lebte ein solches Kind, wenn es verschwand? Wo wusch es sich? Wovon lebte es? Fiel es niemandem auf, wenn es durch die Straßen ging? Wo schlief es? Störte es niemanden, wenn es nicht zur Schule kam? Welches Signal gab Erfurt der Gesellschaft?
Ich sah auf die Uhr, es war halb elf. Sollte ich den Commissario noch anrufen? Nein, das würde ich morgen tun. Gleich als Erstes. Und dann Utz Peters.

Der Junge

Der Junge saß im Sessel und trug den Bademantel, den ihm der Mann hingelegt hatte, als sich der Schlüssel im Schloss drehte. Das Badewasser war noch nicht abgelaufen. Er hatte befürchtet, wieder schmutzig zu werden, wenn er mit der Hand in das trübe Wasser greifen würde. Am Stöpsel hing keine Kette mehr. Auch das Badezimmerlicht hatte er nicht ausgeschaltet. Und in der Küche brannte auch noch Licht, weil er sich Cola geholt hatte. Klaus würde ihn wieder unordentlich nennen.

»Klaus?«, hörte er den Mann leise rufen.
Der Junge antwortete nicht, sondern wartete ab.
»Klaus?«, rief der Mann wieder. Dann stand er mit einem Mal in der Tür.
Der Junge sah sofort, dass etwas nicht stimmte. Klaus Bremer sah verwirrt aus, an seinem weißen Hemdkragen war etwas Rotes. Und auch auf seiner Hose waren dunkle Flecken. Der Mann blinzelte ins Licht, so als käme er aus tiefer Dunkelheit in grellen Sonnenschein. Seine Haare standen ihm wirr vom Kopf ab. Und auch an den Manschetten war rote Farbe.
»Wo ist die Tasche mit meinen Sachen?«, fragte der Junge.
»Die Tasche ... o Gott ... die Tasche.« Die Verwirrung des Mannes schien sich zu steigern.
»Ja, wo ist die Tasche, ich will mich anziehen.«
»Es ist ... es ist ... es ist etwas dazwischen...«, der Mann brach ab.
»Was sind das für Flecken?«
»Flecken ...?«
»Ja, Flecken. Da auf der Hose, am Hemd ... überall. Bist du gefallen?«
»Ja, gefallen ... ja, ich bin gefallen.«
Der Junge stand auf und hielt den Bademantel hoch, damit er nicht über die Ränder stolperte. Den Gürtel hatte er fest um seinen Leib gezurrt. Er ging zwei Schritte auf Klaus Bremer zu.
»Ist das Blut ... da?«, fragte er, »... ist das Blut?« Die Stimme des Jungen kippte, sie war lauter geworden.
»Nein ... nein ... ja ...«
»Hat dich mein Vater erwischt, hat er dich geschlagen?«
»Nein, dein Vater hat mich nicht geschlagen. Ich bin überfallen worden ...«
»Überfallen ...?«
»Ja, überfallen ... zwei junge Leute haben mich angegriffen.«
»... und die Tasche?« Die Stimme des Jungen war misstrauisch.
»Die Tasche ... äh ... die Tasche ... ich kann es dir nicht sagen.« Der Mann sah den Jungen nicht an, »... ich kann dir das nicht sagen.« Der Mann atmete jetzt schwer und zitterte am ganzen Körper.

»Mein Vater hat dich überrascht, er ist besoffen eingeschlafen und hat dich überrascht ... als du in der Wohnung warst. Dann ist es zu einer Prügelei gekommen.«
Der Mann starrte ihn an und schüttelte den Kopf, er hob die Hände und starrte sie an, dann ließ er sie wieder fallen, und sie baumelten an ihm herunter, als gehörten sie nicht mehr zu ihm.
»Du hast ihn umgebracht ...«, sagte der Junge, »... du hast ihn umgebracht.« Die Augen des Jungen füllten sich mit Tränen.
»Nein ... nein«, der Mann stammelte, »... nein, ganz bestimmt nicht. Es ist alles ganz anders ... du musst mir das glauben. Dein Vater ...«
»Ich habe Angst vor dir ...«, sagte der Junge.
»Du musst doch keine Angst vor mir haben.« Der Mann stöhnte, als er das sagte, »... ich tue dir doch nichts.«
Der Junge glaubte, auch an den Fingernägeln des Mannes Blut zu sehen. Was sollte er tun? Sollte er einfach auf die Straße laufen und schreien? Der Mann sah ihn an, schweigend musterte er ihn, so als wüsste er, was er dachte.
»Ich habe deinen Vater nicht angerührt, das musst du mir glauben. Ich ... er ...«
Der Junge wagte nicht, ihn anzusehen, er presste die Hände gegen seinen Bauch. Ihm wurde schlecht.
»Mir wird schlecht ...«, sagte der Junge.
»Mir ist auch schlecht ...«, sagte der Mann, »ich habe mich schon übergeben.«
Ja, das ist es, dachte der Junge, der Mann spricht mit mir, als wäre ich groß, als wäre ich ein Erwachsener.
»Als ich in eure Wohnung kam, da ... da bin ich über deinen Vater gestolpert ... im Wohnzimmer. Da lag er ... tot. Dein Vater lag da tot. Ich habe nichts damit zu tun. Ich habe mit alledem nichts zu tun ... überhaupt nichts.«
»Was soll ich denn nun anziehen ...?«
»Anziehen ... wieso anziehen?« Der Mann sah ihn an.
»Ich muss doch zu meiner Mama.« Der Junge schluchzte auf.

»Nein, nein ...«, sagte der Mann, »du kannst jetzt nicht so einfach gehen. Wo willst du denn überhaupt hin?«
»Nach Hause ...«, schniefte der Junge, »nach Hause zu meiner Mama.«
»Schsch ... schsch ..., wir müssen jetzt die Ruhe bewahren, was willst du denn erzählen? Dass du hier warst und ich in eurer Wohnung? Nein, nein ... das geht nicht. Dann bin ich gleich dran ... es ist die Wahrheit ... aber die Menschen interessiert die Wahrheit nicht.« Der Mann ließ seine Lippen flattern. Der Junge hasste das Geräusch.
»Weißt du, die Menschen verstehen nichts, sie verstehen überhaupt nichts. Sie sind unbelehrbar, sie lernen ihre Lektionen nicht. Und dann bin ich wieder schuld, das kenne ich schon. Als ich dich mit hierher genommen habe, da habe ich dich mitgenommen, weil du Hilfe brauchtest. Die Menschen aber werden sonst etwas daraus machen. Sie werden die Wahrheit verbiegen, bis nichts mehr von ihr übrig ist. Verbiegen werden sie sie, und sie werden alles durch den Schmutz ziehen ... durch widerlichen Dreck ... durch den Dreck, der in ihren Köpfen steckt ...«
»Ich verstehe das nicht ...«, sagte der Junge.
»Das kannst du auch nicht verstehen, ... aber ich verstehe das«, der Mann lachte in sich hinein, »... wir müssen jetzt nachdenken ... gut nachdenken. Soll ich uns eine Cola holen?«, sagte der Mann.
Es dauerte lange, bis der Mann mit den Gläsern voll Cola zurückgekommen war. Der Junge hatte in der Zwischenzeit daran gedacht, in den Keller zu laufen, um von dort seine Sachen zu holen. Aber der Junge hatte Angst davor. Der Mann war in der Küche und würde ihn bestimmt hören. Und was sollte er dann tun? Die Sachen überziehen ... ja, und dann? Der Mann würde ihn nicht gehen lassen, das wurde dem Jungen immer klarer. Was hatte er nur alles für komisches Zeugs geredet. Dem Jungen wurde kalt.
»Hier, jetzt trink ...« Der Mann stellte die Gläser auf den Tisch. Seine Hände zitterten, und er vergoss etwas Cola. Der Junge nahm das Glas und setzte es an die Lippen. Auch der Mann trank.
»Ich habe deinen Vater nicht angerührt ... wirklich nicht ... das

musst du mir glauben ... ich bin ein guter Mensch ...«, sagte der Mann, »... ja, ich bin ein guter Mensch.«
»Wieso ist ... mein Vater ... Wie ... ist er tot ...?«, fragte der Junge.
»Ich weiß nicht, ob er gestürzt ist und sich den Kopf aufgeschlagen hat ... Ich weiß nicht, was passiert ist, ich war ja nicht dabei, als es passierte. Woher soll ich das denn wissen? Er lag einfach da, als ich kam ... und ich weiß nur, dass er tot ist.«
Von dem Hammer sagte der Mann nichts.
Dem Jungen wurde schwindelig, vor seinen Augen drehte sich alles, und er gähnte.
»Mir ist schlecht ...«, sagte der Junge, »... tot ... tot ...«
Der Mann beobachtete genau, wie der Junge in dem Sessel in sich zusammensank. Seine Lippen waren leicht geöffnet, und die Atemluft entwich mit einem leisen Pfeifen. Der Mann hätte dem Jungen gern über den Kopf gestreichelt. Aber er wagte es nicht, sich zu bewegen.

Tag Drei:
Montag

Fuenf

Ununterbrochenes Klingeln riss mich aus dem Schlaf. Es dauerte einige Zeit, bis ich alles zuordnen konnte und aufstand. Ich nahm den Telefonhörer der Gegensprechanlage hoch.
»Hallo ...«
»Philipp, mach auf, lass uns rein ...«
»Wen soll ich reinlassen ...?«
»Ich bin's, Reinhart, erkennst du meine Stimme nicht?«
Ich drückte den Summer und schaute auf die Uhr. Kurz vor acht morgens. Ich öffnete meine Tür und wartete, bis der Fahrstuhl kam. Reinhart Reuther und ein uniformierter Polizeibeamter traten aus der Kabine.
Wir begrüßten uns, und ich ließ sie herein.
»Bin ich verhaftet ...?« Ich sah, dass der junge Polizeibeamte leicht zusammenzuckte.
»Wie kommst du darauf?«, Reinhart ließ sich in einen Sessel fallen und sah mich an.
»Na, macht doch einen hochoffiziellen Eindruck, so, wie du und dein Kollege hier reinkommen. Oder kommt ihr nur auf einen Kaffee vorbei? Ein bisschen früh, ich wollte eigentlich ausschlafen.«
»Was sagt dir der Name Marlene Wodarz ...?«, Reinhart sah mich an.
»Nichts ...«, sagte ich.
»Nichts ...?«
Ich schüttelte den Kopf und sah ihn an. Der Uniformierte fixierte mich und rieb dabei die Finger seiner rechten Hand aneinander.
»Setzen Sie sich, Herr Wagner, Sie machen mich ganz nervös, wenn

Sie da rumstehen. Herr Freyberg wird uns nicht weglaufen. Da bin ich sicher.« Reinhart wies seinem Kollegen einen Sessel zu. Der Mann, der Wagner hieß, setzte sich zögernd.
»Kaffee ...?« Ich wandte mich ab, um in die Küche zu gehen, »... Wodarz, sagtest du, Wodarz, Reinhart?«
»Ja, genau. Fällt der Groschen?«
»Seltsam ...«, ich sah ihn an, »ich habe gestern den Gutmenschen gegeben und eine angetrunkene Frau hier unten an der Bushaltestelle aufgelesen und nach Hause gefahren. Die sagte mir, sie hieße Wodarz. Wie war noch ihr Vorname ...?«
»Marlene ...«, sagte Reinhart.
»Richtig ... Marlene ... Marlene Wodarz ... und ihr verschwundener Sohn heißt Klaus.«
»Verschwundener Sohn ...?«, fragte der Polizist.
»Ja, verschwunden soll er sein, also von zu Hause weggelaufen, und das nicht zum ersten Mal. Was ist mit der Frau, Reinhart?«
»Schön der Reihe nach, Philipp, jetzt bist du erst mal dran. Erzähl mal, wie das mit Frau Wodarz genau abgelaufen ist. Aber vorher könnte ich einen Kaffee vertragen. Sie auch, Kollege Wagner?« Der Kollege Wagner bejahte und unterstrich seine Zustimmung mit einem Kopfnicken.
Ich erzählte also ausführlich von meinem Zusammentreffen mit Marlene Wodarz, wie ich sie in mein Auto verfrachtet und dann nach Wandsbek gebracht hatte. Ich erzählte, dass ich sie an ihrer Wohnungstür verabschiedete.
»Ist dir irgendetwas aufgefallen ...?«, fragte Reinhart.
»Wie aufgefallen? Was denn ...?« Ich sah Reinhart an.
»Na, brannte Licht in der Wohnung? War schon jemand da, als ihr kamt?«
»Ich war nicht in der Wohnung. Sie hat aufgeschlossen, und währenddessen habe ich mich umgedreht und bin die Treppen runtergegangen.«
»Stimmen?«
»Nein, nichts gehört«, sagte ich.

»Kampfgetümmel, Getrampel? Ist was zu Boden gefallen ...?«, fragte Reinhart.
»Nein ... nichts dergleichen. Ich habe nichts gehört und nichts gesehen«, sagte ich und zündete mir eine Zigarette an.
»Darf ich auch?«, der Polizist wies auf meine Schachtel.
»Bitte ...«, ich schob sie ihm zu.
»Ich dachte, Sie hätten das Rauchen aufgegeben, Herr Kollege«, sagte Reinhart.
»Habe ich auch ...«, sagte der Polizist und lächelte zum ersten Mal.
»Na, denn ...«, sagte Reinhart.
»Darf ich jetzt mal erfahren, was hier eigentlich vor sich geht?«, fragte ich.
»Frau Wodarz gibt an, in ihrer Wohnung niedergeschlagen worden zu sein, kaum dass sie diese betreten hatte.«
»Von wem? Von mir? Hat sie gesagt, ich hätte sie niedergeschlagen?«
»Nein, das hat sie nicht gesagt ...«, sagte Reinhart, »sie hat nur gesagt, dass du sie bis vor die Wohnungstür gebracht hast. Von da an weiß sie nichts mehr ... nur ...«
»Nur ...?«, sagte ich zu Reinhart, »nur was?«
»Als Frau Wodarz erwachte, da lag sie in einer Blutlache ... und ...«
»Ist sie bei dem Überfall verletzt worden?«, fragte ich.
»Nein, das Blut gehörte ihrem Mann. Auf dem lag sie nämlich, als sie erwachte. Jemand hat ihm den Schädel eingeschlagen. Mit einem Hammer, der lag da auch, genau wie deine Visitenkarte ...«
»Ach, wie praktisch«, sagte ich.
»Nicht wahr«, sagte Reinhart.
»Wo ist Frau Wodarz jetzt?«
»Auf dem Präsidium, sie wird verhört. Die Frau steht unter Schock. Sie hat das ganze Haus zusammengeschrien, als sie auf ihrem toten Mann erwachte. Sie war über und über mit Blut besudelt. Die Spurensicherung ›was not amused‹. Im Haus, also die Nachbarn, die verstehen sich mit Familie Wodarz nicht so richtig. Eine Nachbarin, die sich übrigens auch deine Autonummer aufgeschrieben hat, meinte, Frau Wodarz wäre wohl ›so eine‹ und der

Mann ein Säufer und Schläger. Vor dem hätte sie immer Angst gehabt. Von dem Jungen sprach sie auch, aber den hatte sie schon ein paar Tage nicht gesehen. Der Junge tat ihr Leid. Allerdings auch nicht ›überleid‹.«
»Kann ich mit Frau Wodarz sprechen?«
»Hä ...«, Reinhart sah mich an, »... bist du Polizist?«
»Nein ...«
»Na, siehst du.«
»Kann ich irgendwann mit ihr sprechen?«
Reinhart nickte, »... wir werden sehen.«
»Kommt sie in Untersuchungshaft ...?«
»Sieht nicht so aus ...«, sagte der Commissario, »... Fluchtgefahr besteht nicht, und so wie es aussieht, kann sie ihren Mann nicht umgebracht haben.«
»Dass wisst ihr schon ...?«, fragte ich.
»Ja, in etwa, der Arzt meint, der Mann sei höchstens zwei oder drei Stunden vor eurer Ankunft gestorben. Das hat er überschlägig berechnet. Und wenn die Frau sich hier in der Gegend herumgetrieben hat, dann kann sie ja nicht hin- und hergerast sein. Zudem gibt sie eine Kneipe hier um die Ecke an, wo sie den Nachmittag mit ein paar Herren verbracht haben will. Und wenn das stimmt, dann hat sie ein wasserdichtes Alibi ...« Reinhart stand auf. »Kollege Wagner, haben Sie irgendwelche Einwände, wenn wir Herrn Freyberg in seiner Wohnung lassen und ihn nicht verhaften und nicht dem Haftrichter vorführen?«
»Nein, keine Einwände«, sagte Wagner.
»Schön, schön ...«, Reinhart strich sein Jackett glatt und sah versonnen durch das Fenster auf meine Dachterrasse. »Das ist eine verdammt schöne Wohnung, Philipp, ist dir das bewusst?«
»Ja ... ist mir. Hat Frau Wodarz nichts über ihren Sohn gesagt?«
»Nein, sie hat ihn mit keinem Wort erwähnt. Seltsam, aber wenn ich zurück bin, werden wir sie gleich danach fragen. Leider laufen ja immer mehr Kinder von zu Hause weg. Und immer mehr Kinder leben auch auf der Straße ...«

»Und verwahrlosen ...«, sagte Wagner.
»Aber das muss doch jemandem auffallen ...«, sagte ich, »... den Lehrern, der Polizei ...«
»Ach, die Apparate sind so schwerfällig«, Reinhart zuckte mit den Achseln. »Die Bezirksämter sind überlastet oder tun zumindest so. Manche Eltern melden nicht einmal das Verschwinden ihrer Kinder, aus Angst, die Jugendfürsorge auf den Hals zu bekommen.«
»Kannst du Frau Wodarz etwas von mir bestellen, Reinhart?«
Der Commissario sah mich an. »Sicher kann ich das ...«
»Sag ihr, ich hätte nicht vergessen, dass ich ihr versprochen habe, mich um die Sache mit ihrem Sohn zu kümmern. Und dann sag ihr bitte, dass du das hohe Tier bei der Polizei bist, das ich kenne und in dieser Angelegenheit um Rat fragen wollte.«
»Ich bin was ... ich soll was? Hast du mit Frau Wodarz zusammen gesoffen ...?«
Polizist Wagner griente jetzt vor sich hin.
»Nein, hab ich nicht. Ich war mit Dorothea auf Sylt. Frau Wodarz habe ich erst nach meiner Rückkehr kennen gelernt. Sie sagte so traurige Sachen wie, eigentlich ist man allein und keiner hilft einem, und da habe ich ohne nachzudenken, Hilfe angeboten und von dir gesprochen. Als mögliche Quelle für Hilfe ...«
Wagner griente noch immer.
»Warum machst du das, Philipp? Warum bietest du immer deine Hilfe an?«
»Vielleicht weil's kein anderer macht?«
»Darüber sprechen wir noch, Philipp«, sagte Reinhart und gab mir die Hand.

Der Junge

Das Erste, was der Junge sah, als er erwachte, war das Knie des Mannes, der genauso hieß wie er. Klaus. Das zweite, was er bemerkte, war, dass er sich in einem Raum befand, den er nicht kannte.

Das Erste, was der Junge spürte, war, dass seine Mundhöhle ausgetrocknet und irgendetwas auf seinem Mund klebte. Das zweite, was er spürte, war, dass seine Handgelenke taub und zusammengebunden waren.
»Ich habe Durst ...« Dem Jungen war nicht klar, ob der Mann ihn gehört hatte. Dem Jungen kam die eigene Stimme unendlich weit entfernt vor. Und eigentlich konnte er seine eigene Stimme nur in seinem Kopf hören, was an seine Ohren drang, war eher ein Krächzen. Der Mann lächelte ihn an und fuhr ihm mit der Hand zuerst über den Kopf und dann über die Wange.
»Wenn du versprichst, nicht zu schreien, bekommst du etwas zu trinken. Aber du darfst nicht schreien. Wenn du schreist, dann ...« Der Mann beendete seinen Satz nicht.
Der Junge erkannte, dass er auf einer Matratze lag und der Mann auf deren Kante hockte. Deshalb war als Erstes auch das Knie zu sehen gewesen. Der Mann hielt mit einem Mal einen alten Emaillebecher in der Hand, setzte ihn wieder auf dem Boden ab und beugte sich zu dem Jungen.
»Du darfst aber nicht schreien. Das darfst du nicht. Ich muss dir nämlich das Tuch abnehmen. Und wenn du schreist, dann machst du alles kaputt. Alles kaputt.« Die Stimme klang durch das Tuch gedämpft.
Der Junge sah, dass den Körper des Mannes ein Zittern durchlief.
»Ich schreie nicht, ich schreie bestimmt nicht ...«, hörte der Junge sich sagen, »wo bin ich hier? Hab ich geschlafen?«
»Oh, oh ...«, sagte der Mann, »so viele Fragen auf einmal. So viele Fragen ...« Der Mann ließ seine Lippen flattern.
Der Junge spürte, wie Ekel und Angst in ihm aufstiegen, und er spürte den Druck auf seiner Blase. Er musste auch zur Toilette.
»Bitte, bitte ...« Der Junge hörte seine Stimme jetzt sehr genau, »... bitte ...«
»Du schreist ...«, sagte der Mann, »du willst schreien, nicht wahr? Du lügst mich an, wenn du sagst, dass du nicht schreien willst. Warum tust du mir das an? Aber weißt du was?«, der Mann legte seine Hand

auf den Schenkel des Jungen, »Hier hört dich niemand. Hier hört dich niemand.«
»Bitte, bitte ...«, sagte der Junge, »ich schreie nicht. Ganz bestimmt nicht«, und er spürte, wie sich Tränen in seinen Augen sammelten.
»Musst doch nicht gleich weinen, kleiner Junge. Nicht weinen, nicht weinen. Das kann ich nicht ertragen ...« Die Stimme des Mannes war jetzt blass, und wieder stieß er die Luft aus, dass seine Lippen flatterten, »ich verlasse mich auf dich.« Der Mann löste den Knoten des Tuches hinter dem Kopf des Jungen, ließ seine Hand aber im Nacken und presste die andere Hand auf den Mund des Jungen.
»Schsch, schsch, enttäusch mich nicht, mein Kleiner.« Der Mann zog den Kopf des Jungen an seine Brust und küsste sein Haar.

Sechs

Am frühen Montagnachmittag läutete mein Telefon.
Ich hatte den Tag, nachdem Reinhart Reuther mich verlassen hatte, untätig vergammelt. Erst hatte ich mir überlegt, ob ich zu Dorothea rübergehen sollte, um ihr diese Geschichte zu erzählen, hatte mich aber dagegen entschieden, weil sie in ihrer Praxis bestimmt genug um die Ohren hatte.
Also hatte ich mich auf den Weg gemacht und in der Bäckerei bei mir um die Ecke ein belegtes Brötchen gegessen und einen Kaffee getrunken. Dabei hatte ich Zeitungen gelesen, aber von der Wodarz-Geschichte gab es noch keine Meldungen. Ich hatte mir überlegt, ob ich Reinhart anrufen sollte, um ihn nach der neuesten Entwicklung zu fragen. Doch ich entschloss mich abzuwarten. Ich wollte nicht lästig sein.
Ich kaufte etwas zum Essen ein. Es war ein schöner Tag, die Sonne stand warm an einem blauen Himmel, und in der Luft hing ein Duft, den ich nicht identifizieren konnte, der aber angenehm war. Der Verkehr floss trotz einer Baustelle gemächlich über den Eppendorfer Baum, und die Gesichter der Menschen sahen entspannt aus. Vielleicht warf die bevorstehende Urlaubszeit ihre gute Laune voraus.
Am frühen Nachmittag, ich war gerade etwas auf meiner Terrasse eingenickt, ging mein Telefon. Ich nahm den Hörer ab und meldete mich.
»Marlene Wodarz, Sie erinnern sich an mich ...?«
»Wo sind Sie ...?«
»Die Polizei hat mich gerade entlassen. Ich stehe hier am Präsidium. Haben Sie Zeit für mich ... ich muss Sie sprechen ... ich ...«

»Was ist mit ihrem Jungen?«
»Die Polizei weiß nichts ... kann sie auch nicht ... ich ...«, Marlene Wodarz räusperte sich, und es entstand ein unangenehmes Schweigen.
»Sind sie noch da ...?«, fragte ich.
»Ja. Der eine Polizist, der mit mir gesprochen hat ... das war der Polizist, den Sie erwähnt haben, damals im Auto ... nicht?«
»Ja, das ist er, Reinhart Reuther ...«, sagte ich, »seltsamer Zufall.«
»Ja, der hat die Sache jetzt an sich genommen, die mit meinem Sohn Klaus meine ich ... ich dachte ja immer noch, er kommt zurück ... so ... so wie die anderen Male.«
»Was soll das heißen?«
»Ich hatte Klaus ja noch nicht als vermisst oder weggelaufen gemeldet. Können Sie mir helfen?«
»Wenn jetzt die Polizei ...«, sagte ich, »wenn ...«
»Sie haben versprochen, mir zu helfen ...«, sagte Marlene Wodarz.
»Was kann ich denn noch tun ... Ich hätte bei meinem Freund nachgefragt, aber den haben Sie jetzt bereits kennen gelernt.«
»Mein Mann ist tot ... mein Sohn ist ...«, Marlene Wodarz weinte.
»Also gut ...«, sagte ich, »Sie fahren jetzt zu sich nach Hause, und ich komme in gut zwei Stunden bei Ihnen vorbei. Und dann überlegen wir, was vielleicht noch getan werden kann ...«
»Da fahre ich nicht hin ...«
»Was meinen Sie ...?«, fragte ich.
»Ich fahre nicht nach Hause, nicht dahin ...«, jetzt schrie sie, »da ist mein Mann ermordet worden. Da ist sein Blut auf dem Teppich. Nie mehr betrete ich diese Wohnung.«
»Dann fahren Sie zu einer guten Freundin, zu Ihren Eltern oder wer immer Ihnen nahe steht, und ich komme dann dahin ...«
»Kann ich zu Ihnen kommen ... bitte?«
»Gut, wir können natürlich auch hier alles besprechen ...«, sagte ich, »aber ich werde nicht viel machen können. Die Polizei ...«
»Ach, die Polizei ...«, sagte Marlene Wodarz, und ihre Stimme klang schon wieder viel fester, »... gerade die Polizei«, sie ließ den Satz in der Luft hängen, »... wohin soll ich kommen?«

»Am besten ist, Sie bestellen sich ein Taxi ...«, sagte ich und nannte ihr die Adresse.
»Ich habe kein Geld ...«, sagte Marlene Wodarz.
»Dann übernehme ich das ...«, sagte ich, »ich werde vor dem Haus auf Sie warten.«
»Danke ...«, sagte sie, »Sie sind ein guter Mensch.«
Ich legte auf und betrachtete mich kopfschüttelnd im Spiegel.

Der Mann

Der Mann wusste nicht, wie es weitergehen sollte. Er hatte dem Jungen zu trinken gegeben, hatte ihn pinkeln lassen, zusammen hatten sie Brötchen gegessen, die der Mann mitgebracht hatte. Dann war der Junge wieder eingeschlafen, vielleicht hatte der Mann in seiner Aufregung doch zu viele Tropfen in die Cola getan.
Der Mann betrachtete lange den Jungen, der sanft atmete und aus dessen Gesicht alle Anspannung gewichen war, obgleich der Mann zuvor hatte zusehen können, wie die Angst des Jungen vor ihm wuchs. Vorsichtig nahm der Mann dem Jungen das Tuch ab. Klaus Bremer stand auf und nahm aus dem Korb, den er mitgebracht hatte, eine Polaroidkamera und fotografierte den Jungen mehrmals. Dann setzte er sich wieder auf die Matratze und stützte seinen Kopf in beide Hände. Wie sollte es weitergehen? Mit dem Jungen? Mit ihm selbst?
In den Zeitungen hatte noch nichts von einem mit einem Hammer erschlagenen Toten gestanden. Dass der Mann tot war, daran zweifelte Klaus Bremer nicht mehr. War der Mann in dem Moment gestorben, als er dieses Röcheln hörte? Klaus Bremer stöhnte in seine Hände. Hätte er Hilfe rufen müssen für den Mann? Er schüttelte seinen Kopf. Niemand hätte ihm geglaubt. Niemand. Und dann war auch noch die Frau gekommen? Wie gut nur, dass er ihr die Stablampe über den Kopf gehauen hatte. Dem Mann wurde unwohl bei dem Gedanken, aber was wäre gewesen, wenn die Frau den Toten ge-

sehen hätte. Sie hätte geschrien, sie hätte das ganze Haus zusammengebrüllt. Die Polizei wäre gekommen, und dann hätten sie den Jungen entdeckt.
Klaus Bremer dachte an die Taschenlampe, die er unter den dichtesten Busch in seinem Garten geworfen hatte. Müsste er die nicht doch anderweitig entsorgen? Eigentlich wollte er sie später reinigen, zum Wegwerfen war sie zu schade.
Alles sprach gegen ihn, das wusste er. Deshalb war es auch gut so, wie die Sache gelaufen war. Es war richtig gewesen, die Frau niederzuschlagen. Und es war auch richtig gewesen, keine Hilfe zu rufen. Dem Mann war nicht mehr zu helfen gewesen. Klaus Bremer war entschlossen, die Sache so zu sehen. So und nicht anders. Ihn traf keine Schuld.
Aber was sollte nun mit dem Jungen geschehen?

Sieben

»Sie wohnen schön ...«, sagte Marlene Wodarz, als sie meine Wohnung betrat. Was sollte ich darauf sagen? Sie hatte Recht.
»Und eine Dachterrasse ... darf ich?« Ohne meine Antwort abzuwarten, betrat sie die Terrasse, trat an das Geländer, schaute hinunter, drehte sich einmal um sich selbst und sagte: »Wunderwunderschön.«
»Möchten Sie etwas trinken, Frau Wodarz?«
»Ach, sagen Sie doch Marlene zu mir ...«
»Möchten Sie etwas trinken, Marlene?«
»Einen Kaffee vielleicht ... schwarz, Philipp, wenn ich Sie so nennen darf ...«, Marlene Wodarz lächelte.
Als ich mit dem Kaffee zurückkam und die Becher auf den Tisch stellte, setzte sie sich in einen Sessel.
»Ist es eigentlich schlimm, wenn man nicht traurig ist, dass der eigene Mann tot ist?«
»Ach ...«, sagte ich und wusste nicht weiter.
»Finden Sie das schlimm ...?« Marlene Wodarz sah mich an.
»Ich finde es immer traurig, wenn ein Mensch ... Ich weiß nichts über Sie und Ihren Mann ...«
»Es tut mir Leid, dass ihm jemand den Schädel eingeschlagen hat ...«, sie fasste den Kaffeebecher mit beiden Händen, »aber er war ein Schläger, er war brutal und gemein ... ich weiß nicht, ob er das so verdient hat ... aber, aber dass er weg ist, ist gut.«
»Er hat Sie geschlagen ...?«
»Geschlagen ... ja ... gequält ... Denken Sie sich was aus und es stimmt.«
»Warum sind Sie nicht gegangen ...?«

»Wie ...?«
»Warum haben Sie Ihren Mann nicht verlassen?«
»Ich habe es versucht ... Ich konnte es nicht ... Es ging nicht ...« In ihren Augen sammelten sich Tränen. »Er hat immer gesagt, wenn du gehst, dann bist du tot. Und er hätte es getan, und er hätte auch dem Jungen etwas getan.«
»Was sagt die Polizei zu Ihrem Jungen?«
»Sie suchen ihn jetzt ... Ihr Freund war sehr verständnisvoll. Ich mache mir Vorwürfe, dass ich nicht vorher zur Polizei gegangen bin, aber Rainer, mein Mann, der ...«, Marlene Wodarz stockte.
»Aber Ihr Mann ... hat was ...?«, fragte ich.
»Der hat immer gesagt: ›Bring mir nicht die Bullen ins Haus oder irgendeine Fotze vom Jugendamt‹ ...«
Marlene Wodarz hatte blaue Augen, die jetzt mein Gesicht abtasteten und zu ergründen versuchten, was hinter meiner Stirn vorging. »Sie haben bestimmt ein ganz anders Leben gehabt ... Bestimmt ein besseres ... ein viel besseres als ich. Ich will mich nicht beklagen ... aber ich könnte mich beklagen.«
Marlene Wodarz trank einen Schluck Kaffee, zündete sich eine Zigarette an, gab sie mir wie in Gedanken weiter, zündete sich eine weitere an und begann sich zu beklagen.
Sie erzählte von ihrem trinkendem Vater, der auch schnell zuhaute, wenn er es für angebracht hielt. Von ihrer Mutter, die einfach weggelaufen war und sie ihrem Schicksal überlassen hatte. Von dem viel älteren Nachbarn, in den sie sich verliebt hatte. Der ihr Wärme gab, der sie schwängerte, der ein Rettungsanker war in ihrem kleinen Leben, der ihrem Vater nur einmal sagen musste, dass er seine Tochter nie mehr schlagen oder anbrüllen dürfe, sonst würde er sich im Krankenhaus wiederfinden. Und der das auch tatsächlich nur einmal sagen musste, damit endlich Schluss war. Ihr Vater zog irgendwann aus und verschwand. Sie hörte nie wieder von ihm.
Aber sie war nur vom Regen in die Traufe gekommen. Ihr Mann war nicht besser als ihr Vater.
»Können Sie sich vorstellen, dass er mich einen Tag nach der Ge-

burt im Krankenhaus bespringen wollte. Er kam betrunken in die Klinik, pöbelte die Schwestern an. Er saß an meinem Bett und fing an, mich zu begrabbeln. Ich bat ihn, das zu lassen. Ich hatte noch Schmerzen. Da fing er an, mich anzuschreien. Ich wäre seine Frau, und er könne mich vögeln, wann immer er wolle. Es kam dann fast zu einer Schlägerei mit zwei Pflegern, die von einer anderen Station geholt wurden. Sie haben ihn rausgeschmissen. Mein Mann bekam Hausverbot. Den Rest der Zeit habe ich allein gelegen. Abgeholt hat er mich auch nicht. Als ich mit dem Baby nach Hause kam, war er nicht da. Der Taxifahrer hat mir die Tasche nach oben getragen ...«

Marlene Wodarz hatte, wenn sie so erzählte, nichts Ordinäres an sich, sondern eher etwas Demütiges, als hätte sie alles durchdrungen, was ihr passiert war, aber sich dann darin verloren. Sie wusste alles, aber es half ihr nicht weiter, weil alles aussichtslos war. Sie bewegte sich, aber nur auf der Stelle. Sie war eingesperrt, und es gab keine Tür.

»Ich fühle mich leichter, seitdem ich weiß, dass mein Mann tot ist. Ich habe Angst um Klaus, aber es wird gut werden, das spüre ich. Wissen Sie was ich jetzt gern täte?«, Marlene Wodarz sah mich an.

»Was?«

»Ach nein, das ist lächerlich ...«

»Sagen Sie es ruhig«, sagte ich.

»Ich würde jetzt gerne mit Ihnen einmal tanzen. Ich habe so unendlich lange nicht mehr getanzt.«

Der Junge

Als der Junge das nächste Mal erwachte, war er allein. Licht sickerte durch einen Vorhang. Klaus Wodarz horchte lange, aber er hörte kein Geräusch eines anderen Menschen. Keine Atemzüge, kein Schnaufen oder Flattern von Lippen. Er war allein. Er gewöhnte sich schnell an das Halbdunkel. Er glaubte zu wissen, wo er sich befand. In einer Art Gartenhäuschen. Nur wenige Gegenstände waren in dem Raum. Ein Tisch und zwei Stühle waren zur Seite gerückt, damit die Matratze mehr Raum hatte.

Stand dieses Gartenhaus auf dem Gelände, auf dem die neue Wohnsiedlung entstehen sollte? Ja, das musste es sein. Mehrmals hatte er die Mitglieder des betroffenen Gartenvereins auf Protestveranstaltungen am Wandsbeker Marktplatz gesehen, sie kämpften um den Erhalt ihrer Gartenkolonie.

Klaus Wodarz sah in einer Ecke eine dicke Spinne sitzen, vor Spinnen hatte er keine Angst. Da, wo das Licht durch den Vorhang drang, flimmerte Staub. Der Junge versuchte auszurechnen, welche Tageszeit es war. Nachmittag? Ja, Nachmittag konnte es sein.

Er richtete sich auf, was ihm nicht so leicht fiel, der Mann hatte seine Fuß- und Handgelenke mit braunem, breitem Klebeband zusammengebunden. Das hatte er beim letzten Mal gesehen. Aber endlich schaffte er es. Er musste hier raus. Der Mann war ihm unheimlich, denn Klaus spürte genau, wie unentschlossen er war. Irgendetwas schien ihm Sorgen zu machen. Auf der einen Seite war der Mann nett zu ihm, hatte auch noch nicht versucht, ihn anzufassen. Aber seit er mit den Blutspuren an Kleidung und Händen zurückgekehrt war, war alles anders geworden. Klaus glaubte irgendwie nicht, dass der Mann seinen Vater getötet hatte. Er wusste auch nicht, warum er es nicht glaubte. Vielleicht einfach nur, weil Klaus wusste, wie stark und brutal sein Vater war. Da hatte dieser alte Mann keine Chance.

Immer noch war Klaus schummerig im Kopf, kein Schmerz, aber er fühlte sich benommen. Luft bekam er leicht und gut, obwohl der Mann ihm das Tuch wieder umgebunden hatte. Wo war seine Mutter? War ihr auch etwas geschehen? Suchte sie ihn? Klaus Wodarz erschrak. Hatte seine Mutter seinen Vater umgebracht? Er musste hier raus. Seine Augen suchten die Regale ab. Irgendetwas musste doch zu finden sein, damit er sich von seinen Fesseln befreien konnte. Aber er sah nichts. Nichts lag herum. Dann sah er auf dem obersten

Regal eine leere Bierflasche. Wenn er die zerschlüge, dann könnte er mit dem Glas seine Fesseln zerschneiden.
Aber wie dahin kommen? Der Mann hatte ihm nicht nur die Hände und Füße gefesselt, sondern ihn auch noch in einen Schlafsack gesteckt und den Reißverschluss bis obenhin hochgezogen.

Acht

Nein, wir hatten nicht getanzt. Marlene Wodarz verspürte plötzlich Hunger, und ich holte ein paar von den Sachen, die ich am Morgen eingekauft hatte. Brot, Butter, Käse und Oliven.

Ich öffnete eine Flasche Sancerre, und dann saßen wir auf der Terrasse und aßen und schauten in den angehenden Abend.

»Ich gehe nicht in diese Wohnung ...«, sagte die junge Frau, »... jedenfalls jetzt noch nicht. Irgendwann muss ich da wohl rein, aber jetzt ...«

»Wo wollen Sie denn hin?«, fragte ich.

»Ich weiß nicht«, Marlene Wodarz zuckte mit den Schultern.

»Irgendwelche Freunde, Bekannte, wo Sie unterschlüpfen können ...?«

»Nein ...«

»Soll ich Ihnen ein Hotelzimmer besorgen?«

»Darf ich diese eine Nacht hier bleiben?«, die junge Frau blickte mir unverwandt in die Augen, »... bitte.«

Marlene Wodarz sah mich mit ihren blauen Augen an, die schon so viel, vielleicht zu viel gesehen hatten.

»Ja ...«, sagte ich, »Sie können für heute Nacht das Gästezimmer benutzen.«

»Danke ... vielen Dank.« Marlene Wodarz nippte an ihrem Wein, und dabei fiel ihr eine Strähne in die Stirn, die sie mit einer leichten Handbewegung wieder zurückschob, nachdem sie ihr Weinglas abgestellt hatte. Sie lächelte. Mir kam der Gedanke, ob ich vielleicht das Wort ›Gästezimmer‹ zu sehr betont hatte.

»Aber Sie brauchen doch ihre Sachen ...«, sagte ich.

»Für eine Nacht geht es auch ohne.«

Ich stand auf, zog die Terrassentür hinter mir zu und ging zum Telefon, um Reinhart, den Commissario, anzurufen.
»Ich hätte dich auch noch angerufen«, sagte er, nachdem ich mich gemeldet hatte.
»Kann Frau Wodarz eigentlich schon in ihre Wohnung ...?«
»Warum fragst du, Philipp?«
»Sie sitzt gerade hier bei mir ...«
»Ach ...«
»Bekomme ich nun eine Antwort?«
»Nein, heute nicht, ich schätze mal morgen so gegen Mittag. Es sieht so aus, als wären mehrere Personen am Tatort gewesen. Die Spurensicherung ist sehr genau, zumal in diesem Fall. Will Frau Wodarz denn in ihre Wohnung?«
»Nein, am liebsten nie mehr«, sagte ich, »... ich frage nur wegen ein paar Sachen.«
»Ein paar Sachen?«, Reinharts Stimme klang wie ein großes Fragezeichen.
»Kleidung ... meine ich.«
»Kann sie nicht bei Bekannten oder Verwandten unterkommen, Philipp?«
»Hat sie nicht, sagt sie ...«
»Und wo bleibt sie ...?«
»Für eine Nacht habe ich ihr mein Gästezimmer angeboten, morgen muss sie dann sehen.«
»Du bist wirklich ein Helfer ...«, sagte Reinhart.
»Und was ist mit dem Jungen?«, fragte ich.
»Die Maschinerie ist angeworfen, nun müssen wir warten. In den Krankenhäusern ist kein Junge seines Alters eingeliefert worden, es ist ... es ist auch kein toter Junge gefunden worden. Ich schätze, er taucht bald wieder auf. Laut Frau Wodarz hat er das schon mehrmals gemacht. Wir sagen natürlich auch der Jugendfürsorge Bescheid. Das müssen wir tun.«
»Meinst du, es wäre sinnvoll, wenn ich im *Hamburger Abendblatt* und in *Bild* und der *Morgenpost* Suchanzeigen aufgeben würde?«

»Das Geld hast du ja ...«, sagte Reinhart, »aber warte doch erst einmal ab. Vielleicht hat sich morgen der Nebel schon gelichtet und wir wissen mehr.«
»Ja klar, nur ich fühle mich verpflichtet etwas zu tun, weil ich das versprochen habe, und ... und andererseits will ich die Sache auch wieder los sein.«
»Du hast ein Helfersyndrom, Philipp«, sagte Reinhart.
»Na gut, wenn du meinst. Aber ich treffe diese Frau und denke, ich muss ihr helfen ... weil es so aussah, als würde sie gleich zusammenbrechen ... bringe sie nach Hause ...«
»Erstklassige Beschreibung des Helfersyndroms«, sagte Reinhart.
»... Dann die Sache mit dem Sohn, wo ich eigentlich nur einmal kurz mit dir sprechen wollte, damit du ihr weiterhilfst ...«
»Ich ...«, sagte Reinhart.
»Natürlich du ...«, sagte ich, »... du bist Polizist. Und jetzt die Sache mit dem Mord ...«
»Tja, mein Lieber, und nun zieht Frau Wodarz auch noch bei dir ein ...«
»Arsch ...«, sagte ich.
»Lass uns morgen zusammen zu Mittag essen – alte Stelle: der Grieche in Alsterdorf. 13 Uhr, ist das recht?«
»Okay«, sagte ich.
»... und pass auf dich auf, mein Junge«, sagte Reinhart, der Polizist.
Wieder auf der Terrasse, schenkte ich Wein nach und nahm mir etwas Käse und Brot.
»Immer habe ich gedacht, es liegt alles an mir ...«, sagte Marlene Wodarz leise, »wenn mein Vater wütend wurde und mich schlug, dann habe ich mir die Schuld gegeben. Ich ... ich habe einfach nie genügt. Und bei meinem Mann war es nicht anders. Ich habe immer mir die Schuld gegeben ... Mein Gott, bin ich blöd.«
Marlene Wodarz blickte hinaus in den Abend, wandte mir dann ihr Gesicht zu und lächelte mich an.
»Tanzen Sie mit mir, Philipp ... bitte.«
»Ich ...«, sagte ich.

»Einmal nur ... nur einmal«, Marlene Wodarz stand auf, griff meine Hand und zog mich ins Zimmer.
»Legen Sie irgendetwas auf den CD Player drauf ...«, sie war aufgeregt wie ein kleines Mädchen.
Ich schaltete die Anlage ein, und es erklang *Everybody Hurts* von Bonnie Tyler.
»Oh ...«, sagte Marlene Wodarz und griff nach mir. Bei den ersten Schritten schon schmiegte sie sich an mich.
»So lange nicht getanzt ... so lange nicht getanzt ...«, sagte sie.
Wir drehten uns langsam, ich hatte meinen Arm nur leicht um sie gelegt, ihr Kopf ruhte jetzt auf meiner Schulter.
»Einen Moment ...«, sagte sie, »das ist noch nicht richtig.« Sie löste sich aus meinem Arm, ging zum CD Player und stellte die Musik lauter. Dann schaute sie auf die Tastatur und drückte. *Everybody Hurts* erklang von neuem. Marlene Wodarz schmiegte sich wieder an mich.
»So ist es richtig.«
Wir drehten uns wieder zur Musik, und hinter Bonnie Tylers Raspelstimme breitete sich der weite Klangteppich des Prager Philharmonie-Orchesters aus.
Marlene Wodarz presste sich an mich. Wir waren fast gleich groß. Sie legte ihren Mund an mein Ohr. Ich spürte ihren Atem. Ihre Haare kitzelten mich leicht.
»Wissen Sie, Philipp, dass Sie eigentlich der erste Mann sind, der sich um mich gekümmert hat, einfach so ... ohne dass ... einfach so eben.«
Ich schwieg, sie kam noch etwas näher mit ihrem Mund, während ihre Hand kurz meinen Nacken streifte.
»Wenn Sie wollen, können Sie mit mir ...«, sagte Marlene Wodarz.
In diesem Moment klingelte das Telefon, ich löste mich von Marlene Wodarz und nahm den Hörer ab.
Bonnie Tyler röhrte sich zum Höhepunkt des Liedes und Dorothea sagte: »Hast du eine Party ohne mich, Philipp? Hast du vergessen, dass wir verabredet sind?«

Neun

Dorothea erwartete mich an ihrer Wohnungstür. Ich hatte ihr gesagt, ich käme schnell vorbei, um ihr alles zu erklären, und hatte aufgelegt. Marlene Wodarz sagte ich, dass ich noch einmal kurz weg müsste, weil ich etwas sehr Wesentliches vergessen hätte. Sie solle es sich gemütlich machen und sich bedienen. Als ich noch sagen wollte, sie solle sich ›wie zu Hause fühlen‹, biss ich mir auf die Lippen.

Dorothea goss mir eine Cola ein und sah mich erwartungsvoll an.

»Na, was ist passiert, dass ich vergessen wurde«, sagte sie und lächelte.

So begann ich, ihr die ganze Geschichte von meinem ungewöhnlichen Zusammentreffen mit Marlene Wodarz zu erzählen, von dem verschwundenen Sohn, dem Besuch von Reinhart Reuther, dem ermordeten Ehemann ...

»Und jetzt sitzt diese Frau in deiner Wohnung, und ihr hört Musik zusammen ...«, sagte Dorothea.

»Nein, nein. Ich weiß, das klingt jetzt komisch ...«

»Immerhin ist ihr Mann gerade ermordet worden ...«, sagte Dorothea.

»Sicher ...«, sagte ich, »nur, du weißt ja, wie das manchmal ist.«

»Vielleicht erzählst du es mir einfach ...«

»Es ist ganz einfach. Ihr Mann war gewalttätig. Er hat sie und ihren Sohn malträtiert, wie das eben so ist ... und sie ist nicht traurig, dass ... er«, ich stockte, »Dorothea, nun mach es mir doch nicht so schwer. Ich weiß ja, dass sich das alles etwas seltsam anhört. Reinhart sagt das auch, mit ihm habe ich grad telefoniert. Er sagt, ich hätte ein veritables Helfersyndrom und laberrhabarber ...«

»Und ...?«, sagte Dorothea und nippte an ihrem Weinglas.
»Und was ...? Kann ich auch bitte einen Schluck Wein haben? Ist mir jetzt doch lieber ...«, sagte ich.
»Und hast du nun ein Helfersyndrom?«, fragte Dorothea und verschwand in Richtung Küche.
»Ja, habe ich wohl ...«, rief ich ihr hinterher und lehnte mich zurück.
»Also ...«, sagte Dorothea und stellte mir das Weinglas hin, »ihr beiden Hübschen habt den Toten mit einem Song einer deiner Lieblingssängerinnen geehrt. Wie hieß das Lied noch?«
»*Everybody Hurts*«, sagte ich.
»*Everybody Hurts*«, sagte Dorothea, »... wie wahr.«
Ich schaute sie an, aber sie war nicht verletzt, sondern lächelte versonnen.
»Du hast wirklich ein Helfersyndrom, mein Lieber ...«, sie strich mir über den Kopf, »aber nicht unsympathisch. Eigentlich reizend.« Dorothea setzte sich wieder hin.
»Ja, Frau Wodarz wollte tanzen ...«, sagte ich, »weil so lange niemand mehr mit ihr getanzt hat.«
»Sie wollte was ...?«, fragte Dorothea, »... sie wollte was ...?«
Ich wiederholte das, was ich gesagt hatte, und sah Dorothea an, die anfing zu lachen.
»Da kann sie ja von Glück sagen ...«, Dorothea fing an zu prusten, »dass sie gerade in deiner Wohnung ... Nein ... nein ... ich kriege keine Luft mehr. Ich kriege keine Luft mehr ... Oh, oh ...«
Sie wurde von einem Lachkoller erfasst, der sie schüttelte und rot anlaufen ließ.
»Was ist denn daran so komisch ...?«, fragte ich.
Dorothea sah mich an, schlug die Hand vor den Mund, als wollte sie ihr Lachen ersticken, lachte aber immer mehr und sagte dann nur: »... du vielleicht?«
»... und du bist albern«, sagte ich.
»Entschuldigung ... Entschuldigung, ... aber ich krieg mich gleich wieder ein.« Aber sie lachte immer weiter.
Es dauerte einige Zeit, bis sie sich wieder etwas beruhigte. Sie sah

mich, blickte weg, weil sie Angst hatte, der Koller würde sie erneut befallen.

»Und wenn du nachher zurück bist, schaut ... schaut ihr ...«, Dorothea biss sich in die Hand, »... schaut ihr dann Fotoalben ...« Sie beendete den Satz nicht, sondern hielt sich ein Kissen vors Gesicht. Ich zündete mir eine Zigarette an und wartete. Als sie das Kissen weggelegt hatte, wischte sie sich über die Augen und fuhr sich durchs Haar.

»Puh ...«, sagte sie, »... ich sehe bestimmt furchtbar aus. Entschuldige mich bitte ...«

Später, als ich mich von ihr verabschiedete, warf sie mir, als ich schon auf der Treppe war, eine Kusshand zu.

»Vergiss mich nicht ... morgen Abend, um halb neun beim Italiener. Oh nein, es fängt schon wieder an.«

Ich ging zurück in meine Wohnung. Marlene Wodarz hatte sich offensichtlich schon in ihr Zimmer begeben.

Ich war froh darüber, machte mich schnell fertig und verschwand in meinem Schlafzimmer. Ungewohnt für mich war, dass ich die Tür abschloss.

Die Frau

Kaum hatte Philipp Freyberg seine Wohnung verlassen, stand Marlene Wodarz auf und ging mit ihrem Weinglas in der Hand durch die Räume. Es war eine sehr schöne Wohnung, alles strahlte Gelassenheit aus. Wie kam man an eine solche Wohnung? Geld, dachte sie, man musste einfach viel Geld haben. War der Mann reich? Nein, vielleicht wohlhabend. Eigentlich egal. Gut ging es ihm jedenfalls. Was er wohl arbeitete? Mit ihrer rechten Hand fuhr sie die Buchrücken entlang. Beugte sich vor, um den einen oder anderen Titel zu entziffern. Ob er die wohl alle gelesen hatte? Sie setzte sich in einen Sessel, um sich kurz darauf wieder zu erheben und die Wanderung fortzusetzen. In der Küche stand sehr schönes Geschirr in einem Glasschrank. Überhaupt, die Küche war sehr edel. Mit einem Herd in der Mitte des Raumes. Ob Philipp Freyberg gern kochte? Das wäre schon sehr ungewöhnlich. Marlene Wodarz erlaubte es sich nicht, Schränke zu öffnen. Im Flur hing ein großes Gemälde. Es zeigte ein kleines Mädchen mit einem Korb in der Hand. Sie trug ein langes Kleid und eine Kopfbedeckung. Sie hielt den Kopf gesenkt, man konnte nur ahnen, dass sie traurig oder beschämt war. Hatte jemand mit ihr geschimpft? Weinte sie gerade? Das Bild sah holländisch aus.

»Ich bin dieses Mädchen. Du bist ich, kleines Mädchen ...«, sagte Marlene Wodarz, und fuhr zärtlich mit der Hand über den Kopf des Mädchens. Dazu musste sie sich auf die Zehenspitzen stellen und sich strecken. Lange blieb sie vor dem Bild stehen, bis sie den letzten Schluck Wein getrunken hatte.

»Tschüs ...«, sagte Marlene, als sie das Mädchen verließ, um zurück in die Küche zu gehen. Warum war dieser Mann so freundlich zu ihr? Wollte er doch etwas? Wieso hatte er angehalten, als sie an der Straße stand? Schon komisch, und dann bringt dieser Mann sie auch noch nach Hause. Vielleicht will er in den Himmel kommen. Marlene Wodarz lächelte und dachte an den Kindergottesdienst, zu dem sie früher immer sonntags gegangen war. Dort hatte sie sich wohl gefühlt, und war sich sehr gläubig vorgekommen. Ihr hatte das Beten sehr gut gefallen, sie hatte gern die Hände gefaltet, die Augen geschlossen und gebetet. Vieles hatte sie nicht verstanden. So hatte sie beispielsweise nie verstanden, was es im ›Vater Unser‹ mit den ›Schuldigern‹ auf sich hatte, aber das war ihr gleich gewesen. Irgendwann hatte sie begriffen, dass es eine Verbindung zwischen ›Andacht‹ und ›andächtig sein‹ gab, und deshalb betete sie auch so gern, denn dann konnte sie besonders andächtig sein. Nach dem Gottesdienst gab es kleine Blätter mit einer Geschichte für Kinder. Der Kirchenhelfer verteilte sie, wenn die Kinder die Kirche verließen und der Pastor ihnen zum Abschied die Hand schüttelte. Diese kleinen Geschichten waren es, die Marlene Wodarz anspornten, mehr zu lesen. Wann und warum hatte sie eigentlich aufgehört, sonntags zur Kirche zu gehen? Sie konnte sich nicht erinnern. Und warum

hatte sie ihren Sohn nicht zum Kindergottesdienst geschickt? Vielleicht wäre dann alles anders gekommen. Marlene Wodarz spürte einen vagen Schmerz.
Ob dieser Herr Freyberg als Kind auch zur Kirche gegangen war? Sie würde ihn fragen. Wie er wohl aufgewachsen war? Was hatte er für eine Geschichte hinter sich? War er verheiratet oder geschieden? Sie ging zurück in das große Zimmer und schaute sich um. Endlich fand sie, wonach sie suchte. Auf einem alten Sekretär stand ein Foto. Sie nahm vorsichtig den Rahmen in die Hand. Auf dem Bild lachte ein Mädchen in die Kamera. Sie war elf oder zwölf Jahre alt. Seine Tochter? War er geschieden? Vorsichtig stellte sie das Bild zurück und überprüfte genau, dass es wieder so stand wie zuvor.
»Bist du einsam, Herr Freyberg?«, fragte Marlene Wodarz leise, als wollte sie vermeiden, dass jemand, der sie belauschte, die Worte verstehen könnte. Sie schloss die Augen.
Für einen Moment gingen ihre Gedanken auf Reisen, und sie sah sich in ihrem Kopf einen Film an, einen Film über eine gewisse Marlene Wodarz, die ein anderes Leben führte. Der Film war großartig. Er war hell und warm, und die Musik schmeichelte. Die Sonne schien, und wenn das Meer zu sehen war, dann rauschte es beeindruckend. Und wenn der Schnee fiel, dann waren die Flocken von einer Reinheit und Leichtigkeit, dass sie wie Diamanten strahlten. Alle Menschen in diesem Film lächelten und waren gut zueinander. Die Menschen hielten sich an den Händen oder umarmten sich. Und es wollte nie Abend werden in diesem Film.
Später, als sie längst im Bett lag und hörte, wie Philipp Freyberg die Wohnung betrat, war sie versucht, aufzustehen und ihn zu fragen, ob er als Kind auch zur Kirche gegangen war. Und sie wollte ihm sagen, dass es ihr Leid täte, dass sie ihm angeboten hatte, mit ihr zu schlafen. Sie hatte etwas anderes gemeint: etwas Gutes und nichts Billiges. Etwas Warmes.
Kurz bevor sie einschlief, musste sie an Alex denken. Das war kein guter Gedanke, es war ein unbehaglicher Gedanke, mit dem sie einschlief.

Der Junge

Klaus Wodarz war in der Nacht allein. Der Mann war nicht mehr gekommen. Klaus Wodarz hatte lange nicht einschlafen können, denn die Hütte oder was immer es war, hatte seltsame, unerklärbare Geräusche. Manchmal war es ihm, als schliche jemand ums Haus. Immer wieder stieg die Angst in ihm auf, und er weinte auch. Mitten in der Nacht wachte er auf. Durch ein Kratzen am Fenster, oder war es etwas anderes?

Das zweite Mal in der Nacht wachte er auf, weil sich seine Blase entleerte. Die Feuchtigkeit durchdrang seine Hose und den Schlafsack. Zum Glück ließen die Gardinen ein fahles Licht vom Mond hinein, sodass er nicht im Stockdunkeln liegen musste. Seine Augen versuchten, die Einrichtung abzutasten, als sie sich an die Dunkelheit gewöhnt hatten. Seine Erinnerung half ihm dabei, die Dinge zu erkennen. Aber er konnte die Flasche nicht sehen, das hätte ihm ein Gefühl von Sicherheit gegeben.

Seine Hände und Füße fühlte er nicht mehr, das Tuch, im Mund und hinter seinem Kopf zusammengeknotet, war feucht. Aber das war angenehmer, als wenn das Tuch auf seinen Zähnen scheuern würde. Klaus erinnerte sich, dass er es nicht aushalten konnte, wenn er, nachdem er ein Eis am Stiel zu Ende gelutscht hatte, mit den Zähnen an das Holz kam. Dann durchfuhr seinen Körper ein unangenehmes Schaudern. Er konnte es nicht beschreiben, so ekelhaft war es. Schon jetzt, wenn er nur daran dachte, stellte es sich wieder ein. Klaus Wodarz schüttelte sich.

Wie ging es seiner Mutter? Wo war sie? War sie zur Polizei gegangen, um nach ihm suchen zu lassen? Er wünschte es sich so sehr. Hoffentlich hatte seine Mutter das getan.

Tränen stiegen ihm in die Augen. War sein Weglaufen verantwortlich dafür, dass sein Vater ...?
Es dauerte einige Zeit, bis er sich einigermaßen beruhigt hatte. Er wollte wieder zu Hause sein, es sollte alles wieder wie früher sein. Auch wenn sein Vater ihn schlug. Das würde er schon aushalten. Er könnte sich doch besser ducken, oder seinem Vater besser aus dem Weg gehen. Es sollte alles wieder so wie früher sein, aber das konnte es doch nicht. Er, ja, er war es, der seinen Vater umgebracht hatte. Er, Klaus Wodarz. Hatte er nicht diesem verrückten Mann vorgeschlagen, ihm Kleider aus der Wohnung zu holen? Natürlich hatte er das gemacht. Und was immer der Alte auch erzählen mochte, er hatte sich mit seinem Vater in die Haare bekommen. Und dann war es geschehen. Sein Vater war tot. Schon wie der Mann gestammelt, wie er rumgeredet hatte, dass er nichts damit zu tun habe. Dass der Vater schon tot gewesen sei. Und woher kam dann das Blut an den Händen, an der Jacke, der Hose? Woher wohl. Klaus überlegte. Selbst wenn der Mann tatsächlich seinen Vater tot aufgefunden hätte, warum hätte er sich mit dem Blut bespritzen sollen? Das alles ergab keinen Sinn. Nein, die Sache war ganz einfach: Hätte er den Mann nicht in ihre Wohnung geschickt, dann wäre auch nichts passiert.
Klaus Wodarz verkrampfte sich, als der nächste Gedanke kam. Wenn er Schuld an allem war, dann konnte er nie mehr zurück. Was immer sein Vater auch getan haben mochte, wie sollte er jemals seiner Mutter wieder gegenübertreten? Und der Polizei? Es würde doch nicht lange dauern, bis alle wussten, dass er verantwortlich dafür war, dass sein Vater nicht mehr lebte. Er hatte dem Mann die Schlüssel für die Wohnung gegeben. Nein, es gab keinen Ausweg. Niemand würde ihm glauben. Und komisch war es doch auch, dass er mit dem Mann mitgegangen war. Der Mann war nett gewesen, Klaus fühlte sich von ihm verstanden. Er war gut zu ihm gewesen und hatte auch nicht versucht, ihn anzufassen.
Klaus fühlte sich müde, seine Augenlider wurden immer schwerer, die Feuchtigkeit zwischen seinen Beinen verwandelte sich in eine angenehme, feuchte Wärme. Morgen würden auf den weißen Bett-

laken nur noch die getrockneten Ränder zu sehen sein. Klaus lächelte. Ach nein, das war ja früher gewesen, als er noch zu Hause geschlafen hatte. Er hatte häufig ins Bett gemacht, und sein Vater hatte ihn dafür geschlagen. Klaus hatte immer gehofft, dass das Laken bis zum Morgen wieder trocken werden und sein Vater nichts merken würde. Und das Laken war auch meistens trocken, aber sein Vater hatte die blöden Ränder gesehen. Die blöden Ränder ...

Seine Hände verhakten sich an etwas im Schlafsack, er bohrte etwas herum. Dann schlief er wieder ein.

Tag Vier:
Dienstag

Der Mann

Am Dienstagmorgen kaufte der Mann alle drei wichtigen Zeitungen von Hamburg. In allen drei Blättern wurde groß über den brutalen Mord mit dem Hammer gesprochen. Es hieß, dass sich der Täter noch in der Wohnung befunden haben musste, als die Ehefrau des Ermordeten am späten Abend nach Hause kam. Die Frau, so wurde berichtet, konnte von Glück sagen, dass sie nicht auch getötet, sondern nur niedergeschlagen worden war. Man spekulierte, dass der Täter gerade dabei gewesen war, den Tatort zu verlassen, als er von der Ankunft der Frau überrascht wurde.
Ein Mann, der zum ersten Verdächtigen wurde, weil er den Tatort zur ungefähren Tatzeit verlassen hatte, stellte sich als unschuldig heraus. Eine Mieterin hatte sich dessen Autokennzeichen gemerkt. Der Mann – die Polizei gab den Namen nicht bekannt – stellte sich als die Person heraus, die die Frau des Opfers nach Hause gebracht hatte.
Der Mann konnte beweisen, dass er der Frau hatte helfen wollen, sie bis zu ihrer Wohnungstür gebracht und sich dann entfernt hatte. Er hatte die Frau an einer Bushaltestelle in Eppendorf mitgenommen, als diese zu kollabieren drohte.
Die Polizei hatte noch keine heiße Spur. Am Tatort sei allerdings ein Gegenstand gefunden worden, dessen Herkunft noch nicht geklärt sei. Der Gegenstand, der nicht genannt wurde, gehöre jedenfalls nicht der Familie des Opfers.
›Meine Tasche‹ durchfuhr es Klaus Bremer. Konnte man ihn über eine solche Tasche finden?
Konnte die Polizei so etwas? Angst befiel ihn. Was, wenn die Tasche in der Zeitung abgebildet wurde? Welche Leute, die ihn kannten, kannten die Tasche?

Der Mann wehrte sich gegen die aufkommende Panik. War noch etwas in der Tasche gewesen? Ein Zettel vielleicht? Denn er nahm die Tasche ja auch zum Einkaufen.
Eine Nachbarin berichtete dem Reporter einer der Zeitungen, dass die Familie des Opfers keine angenehmen Mitbewohner seien. Das Opfer sei Alkoholiker gewesen und habe seine Familie nicht sehr gut behandelt. Der Mann habe auch Hausbewohner angepöbelt und mit Schlägen gedroht, wenn ihm irgendetwas nicht passte. Die Familie war sehr laut, und häufig gab es Streit. Auch an diesem Abend hätte es Krach gegeben, aber daran sei man schon gewöhnt und höre nicht mehr hin.
Und dann kam es – wie ein eiserner Ring legte es sich um die Brust von Klaus Bremer. Der Sohn der Familie, der zwölfjährige Klaus Wodarz, galt als vermisst. Die Polizei bat um sachdienliche Hinweise, ein Foto des Jungen war auch abgebildet. In allen drei Zeitungen. Die Polizei, so hieß es, habe derzeit noch keinerlei Hinweise, dass das Verschwinden des Jungen in irgendeinem Zusammenhang mit dem Mord stünde. Aber ausschließen könne man zu diesem Zeitpunkt nichts. Die Polizei verfolge die ersten eingegangenen Hinweise. Die Bevölkerung wurde um Mithilfe bei der Aufklärung gebeten.
»Eingegangene Hinweise«. Klaus Bremer stöhnte auf, als er das las. Er stand auf und schloss das Fenster seines Wintergartens. Eingegangene Hinweise. Hatte man ihn gesehen? Ihm fiel der Mann ein, der das Haus verlassen hatte, als er noch auf der anderen Straßenseite stand. Hatte der ihn vielleicht bemerkt, als er das Haus beobachtete? War der Mann ein Bewohner, der noch auf ein Bier in seine Stammkneipe gegangen war oder sich Zigaretten geholt hatte? Hatte ihn vielleicht doch jemand gesehen, als er das Haus verlassen hatte? Hatte jemand gerade aus dem Fenster geschaut und sich gewundert, dass er kein Licht im Hausflur gemacht hatte? Ihm fielen die Frau und der Mann ein, die sich geküsst hatten, als er an ihnen vorbeiging. Nicht alle Menschen küssen mit geschlossenen Augen.
Wieder und wieder las Klaus Bremer die Zeitungsberichte. Und jedes Mal schien etwas Neues darin zu stehen, was auf ihn hinweisen

konnte. Wie unvorsichtig war er nur gewesen. Wieder stöhnte er, er konnte nichts dagegen machen. Das Stöhnen sammelte sich in seiner Brust, und es musste raus. Er wischte sich über die Stirn, denn es war ihm, als hätte er einen Schweißausbruch. Aber seine Stirn war trocken. Verwundert blickte er auf seine Hand. Sie begann zu zittern. Er war eingekreist, es wurde gefährlich für ihn. Durch den Jungen hatte er sich in Gefahr gebracht. Sein Leben lang hatte er versucht, unauffällig zu leben. Und er hatte es gemeistert. Natürlich hatte er seine Albträume in der Nacht, sah eine kniende Frau, die ihm den Rücken zuwandte, sah Männer mit geschlossenen Augen, die Haare in den Händen hielten. Hände, auch die sah er in den Träumen. Sie waren blau, mit riesigen pulsierenden Adern. Hände, die auf ihn wiesen, die ihn hielten oder berührten. Und immer wieder Augen. Augen, die ihn beobachteten, die alles sahen, was er tat, die eigentlich auch schon sahen, was er vielleicht tun würde. Die sich in Vorausahnung zum Himmel drehten, die ihr Missfallen signalisierten, die eine klare Sprache sprachen. Eine Sprache, die vernichtend war, eine, die sagte, du bist nicht gut.

Aber er war doch gut, er hatte alles getan, um zu genügen. Er war einen schweren Gang über die Sandwege des Dorfes gegangen, um das Böse, das, was ›keine Ehre im Leib hat‹ auszumerzen. Das Zittern seiner Hände ließ nicht nach, und nun bekam er tatsächlich einen Schweißausbruch. Und es wurde ihm kalt. Unsagbar kalt.

Er hatte dem Jungen doch nur helfen wollen, schließlich wusste er doch, was es hieß, einsam und verloren zu sein. Konnte sich überhaupt jemand vorstellen, was es hieß, Vater und Mutter zu beerdigen, oder in einem Zug nach Hamburg zu fahren, in eine Zukunft, die nur dunkel sein konnte?

Konnte sich überhaupt jemand vorstellen, was es hieß, jeden Tag entdeckt werden zu können?

Nie hatte er seine Angst vor Polizeiautos verloren, vor Polizisten, ja selbst die Kontrolleure der U-Bahn lösten Angst in ihm aus. Selbst der Satz ›Wünschen Sie etwas‹, von einer hilfsbereiten Verkäuferin unerwartet gesprochen, konnte sein Herz zum Rasen bringen. Immer war dieses Gefühl da, etwas falsch zu machen, auffällig zu werden, sich verdächtig zu machen. Er lebte mit Tausenden von Augen, die ihn beobachteten. Was hatte er eigentlich falsch gemacht? Doch nichts. Sein Vater, sein Vater ging ihm nicht aus dem Kopf. Ihn sah er gestochen scharf im Haus seiner Erinnerung vor sich. Gestochen scharf. Aufdringlich scharf.

Aber er hatte kein Bild seiner Mutter in sich, er wusste nicht mehr, wie sie aussah, wie sie ausgesehen hatte. Immer nur ein nackter Rücken und Haare. Aber kein Gesicht.

Nachdem seine Tante und kurz darauf sein Onkel gestorben waren, hatte er Fotos von seinen Eltern gefunden, die ihm nicht gut taten. Er hatte sich übergeben müssen und schwere Kopfschmerzen bekommen. Im Garten hatte er dann die Fotoalben verbrannt, er hatte die Bilder ausgelöscht. Er lebte ohne Bilder. Bis auf das Bild seines Vaters. Und dieses Bild war groß, riesengroß.

Dabei hätte er so gern einmal seine Mutter gesehen.

Klaus Bremer betrachtete seine Hände, die jetzt still vor ihm lagen. Ganz ruhig lagen sie auf dem Tisch vor ihm. Was dachte er denn da? Wieso dachte er jetzt an seine Mutter? Wieso jetzt? Wieso dachte er an sie, an die, von der es im Haus der Erinnerung kein Bild gab? Sein Mund formte das Wort ›Mutter‹, und er spürte, dass seine Lippen dabei zitterten. Wie hatte er sie eigentlich genannt? Mama, Mutti oder Mutter? Er konnte sich nicht erinnern. Hatten sie überhaupt jemals miteinander gesprochen? Hatte seine Mutter Hände gehabt? Er wusste es nicht. Hände, die ihn gestreichelt, geschützt, gewärmt hatten. Die ihn gehalten hatten, wenn er zu fallen drohte? Hände, die ihn gefüttert oder ihm etwas zu trinken gereicht hatten?

Ja, ja, sie musste Hände gehabt haben. Sonst säße er doch jetzt nicht hier. Klaus Bremer spürte, dass Tränen in seinen Augen brannten. Es war, als ob die Tränen eine Schicht wegbrannten, und vor seinen Augen formte sich ein Bild. Ein Bild, erst zart, dann kräftiger; mehr und mehr setzte es sich zusammen, bis es zum Schluss gestochen scharf auf seine Netzhaut gebrannt war.

Da war eine Frau. Sie trug ein leichtes Sommerkleid. Ihre löwenmähnigen Haare wurden von einem kornblumenblauen Band zusammengehalten. Der Rocksaum hatte sich hochgeschoben. Er konnte die gespannten Muskeln unter der Haut ihrer Schenkel sehen. Sie fuhr barfuß, die Schuhe mit den dicken Holzsohlen baumelten am Lenker. Sie lächelte.

Wer war die Frau? Wohin fuhr sie? Sie lächelte. Warum lächelte sie? Und er erkannte das kornblumenblaue Band in ihrem löwenmähnigen Haar. Er selbst hatte einmal ein solches Band gekauft. Warum? Und für wen? Doch nicht für sich. Aber für wen? Wem hatte er das Band gegeben? Oder hatte er es verschenkt? Aber wann? Und warum? Und warum roch es nach Öl, als er das Bild in seinem Kopf betrachtete?

Zehn

Der Dienstagmorgen begann mit einem Telefonanruf des Commissario. Es dauerte etwas, bis ich den Hörer in der Hand hatte.
»Na, wie war Nacht mit fremder Frau, reicher Mann?«, begrüßte er mich.
»Mein Gott, bist du lustig ...«, sagte ich.
»Frau Wodarz kann wieder in ihre Wohnung. Sie ist gerade frei gegeben worden von der Spurensicherung. Die Kollegen waren schnell und fleißig und begannen früh, nur der Teppich ist noch nicht gereinigt. Ist aber auch nicht unser Ding, wie du wohl weißt.«
»Und gibt es neue Ergebnisse?«
»Nein, es ist noch nicht alles ausgewertet, aber so wie es scheint, waren mehrere Menschen am Tatort zu Gange.«
»Was heißt das denn ...?«, fragte ich.
»Frau Wodarz kommt als Täterin nicht Frage, das ist klar. Du auch nicht ...«, Reinhart Reuther lachte in den Hörer, »dennoch liegt die Vermutung nahe, dass mehrere Menschen zugegen gewesen sein müssen. So haben wir beispielsweise, aber das behältst du bitte für dich, unterschiedliche Fingerabdrücke auf verschiedenen Gegenständen gefunden ...«
»Was heißt das konkret?«
»Philipp, vielleicht erzähle ich dir das beim Mittagessen, es bleibt doch bei unserer Verabredung, oder?«
»Natürlich, nur erzähl doch mal ...«
»Später, später. Vielleicht weiß ich dann schon mehr. Das Ganze ist verwirrend, zumindest ein bisschen. Aber wir werden das Rätsel lösen, da bin ich mir sicher. Du kennst uns doch, da beißen wir uns fest ...«

»Ja, so seid ihr von der Hamburger Polizei, da hat das Böse nichts zu lachen.«
»Das will ich wohl meinen ...«, sagte Reinhart.
»Irgendetwas Neues vom Jungen, Commissario?«
»Nein, leider nein. Aber auch da sind wir dran. Die Kollegen sind unterwegs und an der Arbeit. Bis später, mein Lieber, bis 13 Uhr.«
Reinhart legte auf, bevor ich noch etwas sagen konnte.
Ich ging in die Küche zurück, wo ich gerade mit Marlene Wodarz bei einem kleinen Frühstück gesessen hatte, als der Anruf kam.
»Das war mein Freund, der Polizist, der Commissario, wie ich ihn immer nenne.«
»Herr Reuther ...«, sagte Marlene Wodarz.
»Genau. Er sagt, Sie können wieder in Ihre Wohnung. Die Spurensicherung hat ihre Arbeit beendet. Also haben sie das Siegel weggenommen.«
»Das Siegel ...?«
»Ja ...«, sagte ich, »die Polizei versiegelt Tatorte. Das heißt, niemand außer der Polizei darf den Tatort betreten. Genau ... Tatort ... haben Sie vielleicht schon einmal in einem Tatort-Krimi gesehen ...?«
Marlene Wodarz nickte, aber sie sagte diesmal nicht, dass sie nicht in die Wohnung zurückgehen würde. Sie war stumm und ergeben.
»Ich bringe Sie hin ...«, sagte ich, »... später treffe ich mich mit dem Commissario zum Mittagessen. Vielleicht weiß er dann schon etwas.«
»Ja ...«, sagte Marlene Wodarz und sah mich an.
Die mit einem Mal entstandene Stille war mir unangenehm, und ich stand auf, um mir noch einen Kaffee zu machen.
»Auch noch einen?«, fragte ich, als ich stand und mit meiner Tasse wedelte.
»Ja, bitte ...«, sagte Marlene Wodarz.
Als ich uns den Kaffee hingestellt hatte und wieder saß, nahm Marlene einen vorsichtigen Schluck.
»Hat sich etwas mit meinem Jungen ergeben, weiß die Polizei schon etwas Neues?«

»Nein, noch nicht. Aber Herr Reuther hat mir versichert, dass alle Hebel in Bewegung gesetzt wurden und mit Hochdruck gesucht wird.«

Marlene Wodarz nickte ergeben und rührte ohne hinzusehen mit dem Löffel den Zucker um, den sie sich in die Tasse geschüttet hatte.

»Es wird gut werden, es wird gut werden ...«, sagte ich.

»Ja, sicher ...«, sagte Marlene Wodarz, legte den Löffel auf die Untertasse und stützte den Kopf in ihre Hand.

Ich sah, dass eine Träne in ihren Kaffee fiel und dann noch eine. Es sah aus, als ob es über einem ganz kleinen Teich zu regnen begonnen hätte.

Elf

Als ich den Wagen vor dem Wohnhaus von Marlene Wodarz geparkt hatte, legte sie ihre Hand auf meine. Ihre Augen waren noch immer etwas gerötet.

»Philipp, als wir tanzten, da wollte ich ... da sagte ich etwas, das ...« Ihre Hand war angenehm warm.

»Sie müssen dazu nichts sagen, Marlene, das ist alles okay ...«

»Danke ...«, sagte sie, »... danke für alles.« Marlene Wodarz entzog mir ihre Hand und wollte die Autotür öffnen.

»Es ist noch nicht zu Ende, Marlene ... ich habe Ihnen versprochen, Ihnen bei der Suche nach Ihrem Sohn zu helfen. Und was ich versprochen habe, das halte ich auch. Erst wenn er wieder gesund bei Ihnen ist, dann ist alles in Ordnung. Nicht alles natürlich.«

Marlene Wodarz beugte sich kurz vor und gab mir einen Kuss auf die Wange, dann öffnete sie die Tür und stieg aus.

»Sie müssen nicht mit hochkommen«, sagte sie, als wir auf dem Gehweg standen.

»Möchte ich aber gern.«

»Okay ...«, sagte sie, »Sie sollen nur wissen, dass ich weiß, dass ich da allein durch muss.«

Sie nahm einen Schlüsselbund aus ihrer Handtasche und steuerte auf die Haustür zu. Eine Gardine bewegte sich hinter einem Fenster im Erdgeschoss.

»Marlene, Marlene ...«, sagte eine Stimme hinter uns, und ich sah, wie Marlene Wodarz zusammenzuckte, als sie die Stimme hörte.

»Alex ...«, sagte sie, als sie sich umdrehte.

Vor uns stand ein junger Mann, vielleicht dreißig Jahre alt, an seiner Hand pendelte eine Aldi-Tüte, in der Flaschen aneinander klickten.

»Darf ich wissen, wo du warst ...?«
»Weg ...«, sagte Marlene, »... und es geht dich nichts an.«
»Ach so ...«, sagte der Mann, »auf einmal geht es mich nichts an.« Seine Augen verengten sich, und sein Gesichtsausdruck wurde noch unfreundlicher.
»Nein ...«, sagte Marlene Wodarz bestimmt, »das geht dich wirklich nichts an.«
Es war, als ob sich der Mann auf etwas besann, sich zusammenriss, um einen besseren Eindruck zu machen. Er stellte die Tragetasche auf dem Boden ab, die Flaschen klackten dabei, und ging auf Marlene Wodarz zu, so, als ob er die Frau umarmen wollte.
»Nein, Alex, nein ...«, sagte sie und ging einen Schritt zurück.
»Ich habe gehört ... und gelesen, was mit Rainer passiert ist ... Es ist ... es ist furchtbar ...«
»Ja, es ist furchtbar ...«, sagte Marlene Wodarz.
Mir fiel ein, dass ich überhaupt nicht daran gedacht hatte, die Tageszeitungen zu besorgen, in denen doch bestimmt von dem Mord berichtet wurde.
»Das ganze Viertel spricht davon ... Es tut allen so Leid«, sagte der Mann.
Marlene Wodarz bedachte den Mann mit einem starren Blick.
»Und was ist mit ... mit Klaus ...?«, fragte Alex.
»Wir müssen gehen ...«, sagte Marlene und sah ihn mit einem seltsamen und zugleich herausfordernden Blick an.
»Und wer sind Sie ...?« Alex sah in meine Richtung.
»Wer ich ...?«, fragte ich.
»Alex, lass das ...«, sagte Marlene Wodarz.
»Ja ... Sie ...«, sagte Alex, »... oder sehen Sie hier sonst noch jemanden?«
»Alex, bitte ...«, sagte Marlene Wodarz.
»Ich bin ein Freund der Familie ...«, sagte ich.
»Ein was ...?«, sagte der Mann und stieß seine Atemluft zischend aus, was ein bisschen gefährlich klang und auch drohend, »... ein was ...?«

»Ein Freund der Familie ...«, sagte ich.
»Philipp, kommen Sie«, sagte Marlene Wodarz und zog mich am Ärmel. Sie hatte inzwischen die Haustür aufgeschlossen, »... kommen Sie.«
»Ein Freund der Familie, das wüsste ich aber ... das wüsste ich aber. Marlene, wir sprechen uns noch ...«, sagte der Mann, und das klang jetzt wirklich unfreundlich.

Zwoelf

Die Wohnung war nicht verkommen, es kullerten keine leeren Schnapsflaschen herum. Es stapelte sich auch kein Müll in den Ecken. Was hatte ich erwartet? Zögernd war Marlene Wodarz stehen geblieben, als sie die Wohnungstür aufgeschlossen hatte. Sie hatte einen Moment gewartet und tief durchgeatmet, dann hatte sie sich ganz gerade gemacht und die Wohnung betreten.
Ein dumpfer Geruch hing in den Räumen, Marlene Wodarz ging durch die kleine Wohnung und öffnete alle Fenster. Sie ging, den Blick starr nach vorn gerichtet, und vermied es, auf den Boden zu sehen. Als ich den dunkelbraunen Fleck auf dem Wohnzimmerteppich sah, wusste ich, warum. Hier also war ihr Mann erschlagen worden, hier hatte er auf dem Boden gelegen, als sich sein Kopf leer blutete. Und in einem Kopf war viel Blut.
Hinter mir hörte ich ein würgendes Geräusch, und als ich mich umdrehte, verschwand Marlene Wodarz im Badezimmer und schlug die Tür hinter sich zu. Ich hörte, wie sie sich übergeben musste. Die Geräuschisolierung dieser Wohnung war nicht mehr zu unterbieten.
Kurz entschlossen räumte ich Tisch und Stühle zur Seite, rollte den Teppich ein und verstaute ihn auf dem Schrank. Da auf dem Tisch ein Aschenbecher stand, zündete ich mir eine Zigarette an, trat ans Fenster und sah auf die Straße hinunter. Der Mann, der Alex hieß, war nicht mehr zu sehen.
Eine ganz normale Wohnstraße in Hamburg, dachte ich und wusste nicht, was mein Kopf mir damit sagen wollte. Dass eigentlich nicht hier gemordet werden sollte, sondern in den Problemvierteln? Was für einen Scheiß man manchmal dachte. Im Sozialgefüge einer

Stadt wie Hamburg stand eine Familie Wodarz bestimmt nicht weit oben. Bestimmt war die Familie dem Rand schon ein bisschen näher gerutscht, aber ... aber was? Worüber dachte ich eigentlich nach? Der Erschlagene hatte viel getrunken, er hatte seine Frau und sein Kind geschlagen, er war bestimmt ein Arschloch – doch was wusste ich wirklich davon, wie Menschen leben, die so leben müssen, wie die meisten Menschen in diesem Land leben müssen. Mit einem Budget, das gerade zum Leben reicht, ein Budget, das nicht zum Springen einlädt. Wenn die Menschen überhaupt noch Arbeit hatten.
Nein, ich wusste nicht viel darüber. Alles nur Wissen aus zweiter Hand. Mein kleiner goldener Käfig schützte mich, und ich musste aufpassen, dass ich nicht nur Sozialgetröte machte, dazu neigte ich, wenn mir etwas ans Herz ging.
Manchmal war es mir, als ob die Welt mit einer Folie überzogen war, die immer nur Schimmer davon durchließ, wie sie wirklich war. Wirklich war, so ein Quatsch. Die Welt in der wir leben, die hat nicht nur eine Wirklichkeit. Sie hat Tausende von Wirklichkeiten, Tausende. Und wenn wir versuchen, alle diese Wirklichkeiten zu erkennen oder gar zu verstehen, stehen wir doch eher in der Gefahr durchzudrehen. So wie die Physiker, die sich auf die Unendlichkeiten einlassen. Die sollen mit Anfang dreißig verbraucht und manchmal auch schon durchgeknallt sein. Und am Ende dann landen sie wieder beim Gott ihrer Kindertage.
Ich hörte, wie sich Marlene Wodarz die Zähne putzte und gurgelte. Die Zigarette drückte ich in dem Werbeaschenbecher von ›Asbach Uralt‹ aus.
»Danke ...«, sagte Marlene Wodarz, »danke, dass Sie den Teppich eingerollt haben, Herr Freyberg.«
»Wer war denn dieser Alex, wenn ich fragen darf?«
»Ach, vergessen Sie es ...«
Ich antwortete nicht, sondern starrte wieder aus dem Fenster, die Straße war von Bäumen gesäumt.
»Eine ruhige Straße ...«, sagte ich.
»Ja, ruhig ...«, sagte Marlene Wodarz, »ich wohne auch gerne hier.

Nur eine Straße weiter und ich bin am Teich. Da kann man schön sitzen und träumen ...«

»So ...«, sagte ich.

»Sie können mich jetzt ruhig allein lassen ...«, sagte Marlene Wodarz, »Sie haben sich, weiß Gott, schon zu viel Zeit für mich genommen. Ich komme schon klar. Das eben war nur ... Ich bin okay. Sie müssen sich keine Sorgen machen.«

»Gut ...«, sagte ich, »können Sie mir ein Bild von Ihrem Jungen zeigen ...?«

»Warum?«

»Ich wüsste gern, wie er aussieht ...«, sagte ich und drehte mich zu ihr um, »... bitte.«

»Natürlich, natürlich ...«, sagte Marlene Wodarz und verschwand über den Flur in ein anderes Zimmer.

Die Möbel waren alle verschlissen, und für einen Secondhand-Händler hätte sich das Runtertragen nicht gelohnt, niemand hätte ihm die Schränke und die alte Couchgarnitur noch abgenommen. Es waren einfache Möbel, sehr einfache Möbel. Und sie waren verbraucht. Eigentlich brauchte man für eine solche Einrichtung noch nicht einmal eine Hausratversicherung. Wie vielen Menschen in Deutschland, die ähnliche Möbel hatten, war dennoch eine solche Versicherung aufgeschwatzt worden?

Endlich kam Marlene Wodarz zurück. In der einen Hand hielt sie ein kleines Fotoalbum und in der anderen Hand eine Anzahl von Fotos.

»Hier ...«, sagte sie, und legte alles auf dem Couchtisch ab, »setzen Sie sich doch.«

Sie öffnete das Album, und ich sah die Bilder eines Kindes, Bilder, wie sie in diesem Land jeden Tag geschossen werden – unzählige Male. Ein Kind im Kinderwagen, auf dem Wickeltisch, auf dem Arm seiner Eltern und mit einem Roller oder mit einem Hund.

»Und so sieht Klaus heute aus ...« Sie hielt ein paar farbige Fotos in der Hand, »... die Fotos wurden vor kurzem in der Schule gemacht.«

Von dem Bild schaute mich ein Junge an, der verhalten in die Kamera lächelte. Etwas unsicher, aber vielleicht auch nicht unsicherer als andere Kinder in diesem Alter. Er war so alt wie Sophie. Hatte Sophie fröhlicher ausgesehen, freier? Lag in seinen Augen Furcht, oder wollte ich es nur in ihn hineinsehen, weil ich ein kleines bisschen von seinen Lebensumständen gehört hatte? Sah er verschlossen aus? Wie sollte ich das aus einem gestellten Foto erkennen? Vielleicht hatte ihn der Fotograf mehrmals zu einem Lächeln aufgefordert, oder die Lehrerin? Vielleicht hatte hinter dem Fotografen auch die ganze Klasse gestanden und bei jedem Foto Faxen gemacht.

»Haben Sie auch Kinder, Philipp?«, fragte Marlene und betrachtete mich.

Ich hielt das Foto ihres verschwundenen Sohnes in der Hand, sah es und sah es doch nicht und schwieg.

»Verzeihen Sie ...«, sagte Marlene Wodarz, »ich wollte nicht, ich ...«

»Eine Tochter ...«, sagte ich, und als Marlene Wodarz den Mund öffnete, um etwas zu sagen, hob ich meine Hand. Sie schloss den Mund und sah mich an.

»... aber Sophie ist tot ...«, sagte ich.

Marlene Wodarz faltete die Hände, so, als hätte sie sich entschlossen, ein Gebet für meine Tochter zu sprechen.

»Sie ist von einem Lastwagen überfahren worden. Auf dem Rückweg von der Schule nach Hause. Sie fuhr mit ihrem Fahrrad, der Fahrer hat sie nicht gesehen ...« Ich rieb meine Hände auf den Knien trocken und sah Marlene Wodarz an.

»Sophie war meine Lieblingstochter ...«, sagte ich, um mich wieder einzukriegen, aber ich wusste, dass ich damit nur alles viel schlimmer für mich machte, »sie war meine einzige.«

Ich stand abrupt auf und wies auf eines der neuen Fotos ihres Sohnes.

»Darf ich eins mitnehmen?«, fragte ich Marlene Wodarz, und ohne ihre Antwort abzuwarten, nahm ich mir eins und ging zur Wohnungstür.

Aber Marlene Wodarz antwortete nicht und fragte auch nicht, warum ich ein Foto ihres Sohnes haben wollte.

Dreizehn

»Schon gelesen ...?«, begrüßte mich der Commissario beim Griechen und wies auf den Packen Zeitungen, den ich unter dem Arm trug.
»Nein, noch nicht«, sagte ich.
»Dann hast du jetzt fünf Minuten Zeit, denn ich habe was vergessen. Ich muss noch einmal telefonieren.« Er nahm sein mobiles Telefon vom Tisch und ging Richtung Ausgang.
Ich überflog die Berichte, las von dem netten Mann, der die Frau nach Hause gebracht hatte, und war stolz auf mich. Lieber Kerl, ich. Also hatten sie noch keine heiße Spur. Eine Bedienung brachte zwei Karten an den Tisch, stellte zwei Ouzo hin und einen Korb mit Weißbrot. Vom Commissario noch keine Spur.
»Ich warte noch auf meinen Gast«, sagte ich. Die junge Frau lächelte mich an. »Klar«, sagte sie.
»Schon bestellt ...?«, fragte Reinhart Reuther, als er zurückkam.
»Bin ich höflich oder bin ich höflich?«, sagte ich.
Reinhart Reuther griff sich seinen Ouzo, trank ihn in einem Zug leer und nahm sich ein Stück Brot.
»Dann wollen wir mal ...«, sagte er und schlug die Karte auf.
»Du nimmst sowieso Leber ...«, sagte ich.
»Richtig ...«, sagte Reinhart und schlug die Karte wieder zu, »... und du?«
»Heute ...? Ich nehme wohl die Leber«, sagte ich.
Als das Essen kam, hatten wir die erste große Flasche Mineralwasser schon ausgetrunken und orderten eine neue.
»Bald bin ich ein geschiedener Mann«, sagte Reinhart und starrte auf seinen Teller.
»Und ist Christa jetzt glücklich?«, fragte ich.

»Weiß nicht ...«, murmelte Reinhart durch seine Leber, »... zumindest nicht mehr unglücklich.«
»Meine Scheidung ist durch ...«, sagte ich, »... seit drei Monaten. Wenn du also Fragen zum Leben eines Geschiedenen, eines Singles, hast, dann frag mich nur. Erfahrung ist etwas sehr Schönes, und man sollte sie nutzen, wenn sie angeboten wird.«
»Wie ist denn das Leben eines Singles so ...?«, fragte Reinhart und sah von seinem Teller hoch.
»Wild und hemmungslos ... einfach klasse, die Frauen ...«
»... wollen einfach bei einem übernachten ...«, unterbrach mich Reinhart.
»Dieser Beitrag ist geschmacklos«, sagte ich.
»Wie war es mit Frau Wodarz, Philipp?«
»Gut ... sie wollte mit mir tanzen«, sagte ich.
»Sieh mal an ...«, sagte Reinhart.
Ich erzählte ihm den Ablauf des Abends mit Marlene Wodarz und sagte ihm auch, dass die Frau sehr sympathisch wenn auch ein wenig orientierungslos im Leben wäre.
»Aber wer ist das nicht ...?«, sagte ich.
»Ach, du Guter«, sagte Reinhart.
»Vielleicht, Reinhart, solltest du, wenn alles vorbei ist mit dem Fall und deine Scheidung durch ist ...«
»Sprich nicht weiter, dieser Beitrag ist geschmacklos«, sagte der Commissario.
»Seid ihr weiter, als es in den Zeitungen steht?«, fragte ich.
»Wir haben nicht viel. Zur Zeit fragen sich die Kollegen durch. Sie sprechen mit den Leuten im Haus, mit den Ladenbesitzern in der Nähe, mit dem Kneipier der Stammkneipe von Rainer Wodarz und so weiter und so fort. Du kennst das doch, dieses Hangeln von Information zu Information.«
»Und was für ein geheimnisvoller Gegenstand ist in der Wohnung gefunden worden?«
»Eine größere Sporttasche oder Reisetasche, wie immer du's nennen willst.«

»Und was ist so geheimnisvoll an dieser Tasche?«
»Sie gehört nicht der Familie Wodarz, und die Fingerabdrücke an der Tasche sind von einer fremden Person. Und nur deren Abdrücke sind drauf, weder Abdrücke von Marlene noch von Rainer Wodarz. Und an dem Hammer sind wiederum andere Fingerabdrücke. Andere als auf der Tasche.«
»Und was war in der Tasche drin?«, fragte ich.
»Nichts ...«
»Nichts?«
»Ja, sie war leer und lag ein bisschen bizarr auf dem Toten.«
»Wollte da jemand etwas stehlen?«, fragte ich.
»Da ...?« Reinhart spielte mit meiner Zigarettenschachtel. Die Bedienung räumte ab, und wir bestellten griechischen Kaffee, den ganz süßen.
»Seltsam ...«, sagte ich, »... eine Tasche.«
»Und es ist noch nicht einmal die Tatwaffe drin transportiert worden. Denn der Hammer, mit dem Rainer Wodarz erschlagen wurde, ist Familieneigentum.« Der Commissario legte meine Zigaretten endlich wieder hin, und ich konnte mir eine nehmen.
»Und was ist mit dem Jungen?«, fragte ich.
»Nichts Neues. Es ist nicht das erste Mal, dass der junge Mann ausgebüchst ist. Die Lehrerin sagt, dass er eigentlich ein lieber Kerl sei, aber gefährdet. Er stiehlt wohl hin und wieder. Nichts von Klassenkameraden, aber sie hat den Verdacht, dass er ab und zu in Läden etwas mitgehen lässt. Er sei ein einsamer Kerl, sagt sie. Sie schildert seine Mutter als eine eigentlich sympathische, aber auch als eine schwache Frau. Eine Frau, die sich in ihr Schicksal ergeben hat und dadurch ihren Jungen auf eine gewisse Weise alleine lässt. Sie trinkt wohl auch ab und zu ein wenig über den Durst ...«
»Ich weiß«, sagte ich.
»Ach ja, ich vergaß. Ihr Mann hat wohl auch manches Mal zugeschlagen. Die Lehrerin hat solche Andeutungen gemacht. Nachbarn auch. Aber man hat nie etwas gesehen. Also hat er sie nie ins Gesicht geschlagen ...«

»Eine kleine Hölle hier auf Erden ...«, sagte ich.
»Ich glaube nicht, dass das Verschwinden des Jungen etwas mit dem Tod des Vaters zu tun hat. Und ich sehe den Jungen auch nicht in Gefahr, noch nicht. Wir überprüfen alle Plätze, wo sich Jugendliche aufhalten, die von zu Hause weggelaufen sind. Steindamm und Hauptbahnhof und ähnliches. Wir fragen rum. Es ist bestimmt nur eine Frage der Zeit, bis wir erste Hinweise haben. Die Zeitungen werden auch helfen ...«
»Ich habe mir überlegt, dass ich Suchanzeigen in die Zeitungen setze, wenn sich nicht bald etwas tut ...«
»Würde die Sache sicherlich beschleunigen, nur ...«
»Habt ihr mal daran gedacht ...«, sagte ich, »... dass ja auch der Junge den Vater erschlagen haben kann?«
»Haben wir, mein Lieber. Das ist eigentlich auszuschließen. Das passt nicht ins Schema. Der Junge war vorher schon weggelaufen. Er hätte ausspionieren müssen, dass der Vater allein zu Hause ist. Der Schlag ist mit ziemlicher Wucht ausgeführt, die Kraft hat der Junge nicht. Von der Kaltblütigkeit wollen wir noch nicht einmal reden. Nein, mein Lieber, ich bin mir sicher, dass wir das nicht wirklich in Erwägung ziehen müssen. Wir haben Fingerabdrücke. Die des Jungen sind nicht dabei. Sehe ich nicht, dass der Junge da mit drinhängt. Da sind wir schon gründlich. Wirklich gründlich.«
»Du klingst wie eine Gilette-Reklame«, sagte ich.
»Wir stehen ganz am Anfang der Ermittlungen ...«, sagte der Commissario, »da kann man nie viel sagen. Erst heißt es einmal, den Freundeskreis zu untersuchen. Wie haben die Wodarz' gelebt? Dann die Kollegen am Arbeitsplatz, der Mann hatte nämlich Arbeit, der hing nicht nur zu Hause rum und hat gesoffen. Vielleicht steht uns da noch manche Überraschung ins Haus, oder anders gesagt, auf Grund meiner Erfahrung bin ich davon überzeugt, dass wir schon bald erste Spuren haben werden. Ein Mord ist nicht das große Rätsel, für das ihn die Menschen immer halten. Mord oder Totschlag werden in der Regel schnell gelöst. Ich glaube nicht, dass der Tod des

Rainer Wodarz durch einen gemeinen Serienmörder herbeigeführt wurde.«

»Also konzentriert sich alles auf den Menschen, der Marlene Wodarz niedergeschlagen hat, nachdem ich sie zu Hause abgeliefert hatte.«

»Sieht so aus ...«, sagte der Commissario, »übrigens ist das auch so ein Punkt, der dagegen spricht, den Jungen in Erwägung zu ziehen.«

»Als ich Marlene Wodarz vorhin zu ihrer Wohnung brachte, sprach uns ein Mann an. Heißt Alex und ist nicht hautsympathisch. Aber Frau Wodarz scheint ihn gut zu kennen. Befragt sie mal danach ...«, sagte ich.

»So, so Alex ...«, Reinhart sah mich an, »machen wir glatt.«

Vierzehn

Dorothea stand vor dem Haus und sah in den Himmel. Sie trug das rote Kleid, zu dessen Kauf ihre verstorbene Freundin Susanne sie überredet hatte. Ich betrachtete sie durch die mit Art déco-Motiven verzierte Scheibe der Hauseingangstür. Ihr Blick war verträumt, und ihr Profil stand ihr gut. Leicht sah sie aus und schön. Sie trug Sandalen und hatte das rechte Bein etwas vorgeschoben. Die meisten Frauen, so wird gesagt, mögen ihre Füße nicht. Ob Dorothea ihre Füße hasste, wusste ich nicht. Sollte sie das tun, müsste ich ihr sagen, dass das reiner Quatsch war. Vielleicht sollte ich sie nach ihrem Verhältnis zu ihren Füßen fragen? Oder besser doch nicht. Ich öffnete die Tür und trat in die Abendsonne, der Dorothea ihr Gesicht entgegengestreckt hatte.

»Lange hätte ich nicht mehr so stehen können ...«, sagte sie und lächelte mich an, »die ganze Zeit dachte ich, wann hört er denn endlich auf, mich ...«

»Du hast mich gesehen?«

»Und was ist mit meinen Füßen ...?«

»Mit deinen Füßen ... wie – mit deinen Füßen?«

»Komm, tu nicht so. Du hast sie ziemlich angestarrt.«

»Du bist unmöglich ...«, sagte ich.

»Also, was ist mit meinen Füßen?« Dorothea hakte sich bei mir ein.

»Du hast sehr schöne Füße ...«

»Das finde ich auch«, sagte Dorothea.

Leonardo begrüßte uns mit einem breiten Lächeln. Galant deutete er bei Dorothea einen Handkuss an und murmelte etwas von ›Bella‹, orderte durch einen Ruf ›avanti Prosecco‹ und führte uns zu dem Tisch, an dem ich am liebsten saß.

Wir bestellten eine gemischte Nudelplatte und grünen Salat. Dorothea bestand auf einem Rotwein, und Leonardo verdrehte vor Begeisterung die Augen, denn er hatte gerade vor zwei Tagen eine Lieferung erhalten, in der sich ein Rotwein befand ... na, wir würden schon sehen und sollten ihn nur machen lassen. Was wir denn auch taten.
»Noch ein bisschen mit Frau Wodarz getanzt ...?«, fragte Dorothea, als Leonardo entschwunden war.
»Nein ...«
»Was, nein ...«
»Sie war schon im Bett ...«
»O la la ...«
Leonardo brachte den Prosecco. Für sich hatte er auch ein Glas mitgebracht und prostete uns zu. Mit einem Nicken entschwand er wieder in Richtung Küche.
»Ich hab's nicht überprüft ...«, nahm ich den Faden wieder auf, »... eifersüchtig?«
»Ein bisschen schon ...«, sagte Dorothea und nippte an ihrem Prosecco, »aber ich hab mir überlegt, dass ich ja auch dem einen oder anderen männlichen Patienten, wenn ich ihm zu sehr zugesetzt habe, als Entschädigung eine Schlafstatt anbieten kann ...«
»Mit den Füßen ...?«
Der Salat und die Nudelplatte kamen, und wir begannen zu essen. Ich erzählte Dorothea, dass ich dabei war zu überlegen, Anzeigen mit dem Bild des Jungen zu veröffentlichen.
»Macht die Polizei denn nicht so etwas ...?«, Dorothea schaute von ihrem Teller auf, wischte sich mit der Serviette den Mund ab und hob ihr Weinglas, »auf uns«.
»Auf uns.«
Der Rotwein schmeckte ausgesprochen gut, Leonardo hatte eine erstklassige Lieferung erhalten.
»Die Polizei kann keine Anzeigen schalten. Zum jetzigen Zeitpunkt besteht keinerlei Verdacht, dass der Junge Opfer eines Verbrechens geworden ist. Er ist wiederholt von zu Hause weggelaufen. Seine Da-

ten werden an die Polizisten verteilt, ebenso an die Sozialarbeiter, die auf den Straßen Dienst haben, die so genannten ›streetworker‹. Die Krankenhäuser werden befragt ... und, und, und ...«

»Wenn du die Anzeigen schaltest, was soll das denn bringen. Sollen Leute, die vielleicht etwas wissen, dich anrufen oder die Polizei ...«

»Beides vielleicht ...«, sagte ich.

»Hast du auch nur den Anschein einer Ahnung, was da auf dich zukommen könnte?«

»Ich mag gar nicht darüber nachdenken.«

Später dann auf meiner Terrasse öffnete Dorothea mein Hemd, streichelte meine Brust und lehnte ihren Kopf an meine Schulter. Wir küssten uns, und ich legte meinen Arm um ihre Schulter.

Jemand hatte seine Musik ziemlich laut gestellt, sodass wir sie hören konnten. Aber das störte nicht, denn es war etwas Klassisches.

Als ich Dorotheas Nacken streichelte, stöhnte sie leicht auf.

»Küss mich ...«, sagte sie.

Mittlerweile hatte sie meine Brust verlassen und fuhr sanft meinen Oberschenkel entlang. Ich zog sie fest an mich heran und legte meine Hand auf ihre Brust. Dorothea seufzte, und ihre Hand nestelte an meinem Gürtel. Es war fast, als bewegten sich unsere Hände im Rhythmus der Musik. Wurde sie schneller und fordernder, wurden es unsere Hände und Lippen auch.

»Ich begehre dich ...«, sagte ich.

»Ich dich auch ...«

»Ich möchte mit dir ins Bett gehen.«

»Ich auch ... Vielleicht sollten wir darum bitten, dass die Musik noch etwas lauter gestellt wird ... dann könnten wir hier draußen ... und könnten sogar dabei schreien ...«, sagte Dorothea und lachte laut auf. Ihr Lachen übertönte sogar die Musik.

Tag Fuenf:
Mittwoch

Der Mann

Blau. Alles war blau. Klaus Bremer war das schon in der Empfangshalle des Bürogebäudes aufgefallen, das er eben betreten hatte. Blau. Alles war blau. Die Wände, die Decke, der Boden. Er schaute auf die blaue Orientierungstafel, die anzeigte, wo sich die Büros befanden, die man besuchen wollte. Im 42. Stockwerk befand sich das Büro, das er suchte. Zum Glück gab es einen Fahrstuhl, um zum ›Erinnerungsbüro‹ zu gelangen.
Klaus Bremer sah sich um, und er sah, dass sich die Fahrstühle links befanden. Nicht jeder Fahrstuhl fuhr jede Etage an, sondern es gab genaue Aufteilungen. Der erste Fahrstuhl fuhr nur die Etagen 1 bis 10 an, und so ging es entsprechend weiter. Alle Fahrstuhltüren waren geschlossen, bis auf den, der die Etagen 40 bis 50 anfuhr. Das blaue Licht im Fahrstuhlkorb schmerzte in seinen Augen. Es half auch nichts, dass er, nachdem er auf den Knopf mit der 42 gedrückt hatte, die Augen schloss. Der Schmerz blieb.
Dass der Fahrstuhl hielt, spürte er nur durch ein leichtes Kribbeln im Bauch. Als er die Augen öffnete, hatte sich die Fahrstuhltür schon geöffnet und gab ihm den Blick auf einen langen, blau gestrichenen Flur frei. Zögerlich trat er aus der Kabine in den Flur hinein. Mit einem leisen, kaum vernehmbaren Summen schloss sich die Fahrstuhltür hinter ihm, und er stand ganz allein im Flur. Wo musste er hin? Wo wollte er hin? Wo sollte er hin?
Klaus Bremer starrte in den langen Flur hinein. Ihm fiel auf, dass sich rechts und links des Flures keine Türen befanden, was ihn sehr verwunderte. Ganz am Ende des Flures, so schien es ihm, blinkte eine blaue Lampe über einer Tür, die nur einen Spalt weit geöffnet war.

Klaus Bremer setzte sich in Bewegung, seine Füße machten keinerlei Geräusch auf dem blauen Teppichboden und auch an den blauen Wänden des Flures konnte er nicht erkennen, dass er diesen Flur entlangging. Er sah seinen Schatten nicht.
›Lichttechnisch ist das sehr gut gemacht‹, dachte er, als er den Flur entlang, auf die nur spaltbreit geöffnete Tür, zuging.
Als er die Tür endlich erreicht hatte, sah er, dass links von ihr ein kleines Schild angebracht war. Neugierig beugte er sich vor, um zu lesen, was auf dem Schild stand:

Klaus Bremer
Erinnerungsbüro

Für einen Moment war er verwirrt, aber dann kam es ihm alles sehr logisch vor, und da er ein höflicher Mensch war, entschied er sich dazu, nicht einfach einzutreten, sondern anzuklopfen. Also klopfte er an die Tür.
»Herein ...«, antwortete eine freundliche, weibliche Stimme.
Klaus Bremer öffnete die Tür ganz und trat in den Raum, der in sonniges Licht getaucht war, ein. Die Frau saß an einem Schreibtisch, auf dem ein einziger Ordner lag. Nur dieser eine Ordner lag dort, ansonsten war der Schreibtisch blank. Kein Locher, kein Behältnis für Bleistifte oder Kugelschreiber, kein Telefon, keine Schreibtischlampe, kein Computer. Noch nicht einmal eine Vase mit Blumen. Nur dieser eine Ordner.
Die Frau lächelte ihn an. Sie trug ein leichtes Sommerkleid, ihre löwenmähnigen Haare wurden von einem kornblumenblauen Band zusammengehalten. Sie saß in ihrem Bürostuhl, den sie etwas vom Schreibtisch weggeschoben hatte, und massierte ihren linken Fuß, den sie über ihr rechtes Knie gelegt hatte. In der anderen Hand hielt sie einen Schuh mit dicker Holzsohle. Klaus Bremer konnte sehen, dass sich der Rocksaum des leichten Sommerkleides hochgeschoben hatte. Er konnte die gespannten Muskeln unter der Haut ihrer Schenkel sehen. Zu seiner Verwunderung stellte er fest, dass das

kornblumenblaue Band in ihrem Haar das einzige Blau im Raum war. Außerdem war der Raum kahl, kein Besuchertisch mit Stühlen, kein Fenster, kein Teppich, kein Bild an den Wänden. Nur im Rücken der Frau stand ein einziger Aktenschrank aus Metall. Er hatte fünf Schubladen. Die Griffe der Schubladen schimmerten mattsilbern.
»Wer sind Sie?«, fragte Klaus Bremer.
»Ich bin Ihre Sekretärin. Jedes Ihrer Erlebnisse kommt auf meinen Tisch. Ich sehe es durch und ordne es dann in Ihren Erinnerungsschrank ein. Ich bin sehr genau, Sie können sich auf mich verlassen. Alles, was in diesem Schrank einsortiert ist, das ist vergangen. Das ist Geschichte, das ist eingeordnet. Das ist gut.«
»Ich bin gekommen ...«, sagte Klaus Bremer, »um ...«
»Sie sind nicht einfach gekommen, ich habe Sie gebeten, ich habe Sie gemahnt zu kommen. Und nun sind Sie da. Endlich einmal ...«, sagte die Frau, zog den Schuh mit der dicken Holzsohle über ihren Fuß und rückte den Stuhl wieder an den Schreibtisch heran. Mit ihrem Zeigefinger pochte sie auf den Deckel des Ordners, der vor ihr lag. Klaus Bremer hallte das Pochen des Fingers schmerzvoll in den Ohren.
»Ich bin wirklich eine gute Sekretärin ...«, sagte die Frau und zauberte trotz ihrer Verärgerung, die deutlich spürbar war, noch ein Lächeln auf ihr Gesicht, »aber dieser Ordner bringt mich noch an den Rand des Wahnsinns. Ein Ordner, den man nicht einordnen kann, wo gibt es denn so etwas? Alles ist in Ihrem Aktenschrank sauber eingeordnet. Nur für diesen Ordner, für diesen einen Ordner findet sich kein Fach. Sie müssen das doch auch merken. Oder wachen Sie nachts nie schweißgebadet und voller Angst auf? Ich wache jedenfalls ganz häufig auf, und nur wegen dieses verfluchten Ordners.«
»Wer sind Sie wirklich ...?«, fragte Klaus Bremer. »Und warum ist das ganze Haus blau?«
»Nie vorbeikommen, alles wegwischen, und wenn man sich endlich einmal unterhält, dann nur Fragen stellen. Das hab ich echt gern.« Es klang gehässig.

»Warum blau ...?«
»Warum blau, warum blau ...?«, äffte ihn die Frau nach. »Blau, weil es um den *locus caeruleus* geht ...«
»Um was ...?«, fragte Klaus Bremer.
»Den *locus caeruleus* ... darum geht es«, sagte die Frau.
»Was ist dieser *locus caeruleus* denn, verdammt noch mal ...«, schrie Klaus Bremer.
»Das ist der ›Wiedergänger des Schreckens‹, ein Ort von ›zartem Blau‹ ...«
»Von zartem Blau ...?«
»Ich kann es Ihnen auch anders erklären«, sagte die Frau. »Anatomen sagen, der *locus caeruleus* ist nichts anderes als ein kirschkerngroßer Zellhaufen im Stammhirn. Er sitzt kurz über Ihrem Rückenmark und produziert die geheimnisvollen Botenstoffe der unaufgeräumten Erinnerungen. Und wenn er diese Botenstoffe produziert und auf die Reise schickt, dann leuchtet er in zartem Blau. Deshalb ist hier alles Blau. Verstehen Sie das, Klaus Bremer, verstehen Sie das?«
»Wo bin ich hier ... wo bin ich hier?« Klaus Bremer fühlte den Schweiß, der seinen Körper schlagartig überzog.
»Wo Sie hier sind ...?«, fragte die Frau, stand auf und zog ihr leichtes Sommerkleid über den Schenkeln glatt, »vielleicht in Ihrem *locus caeruleus*, vielleicht in Ihrem Gehirn ...«
»Und wer sind Sie ...?«
»Ihre Sekretärin, Ihre Erinnerung ...?«
»Sie sind ja verrückt ...«, schrie Klaus Bremer.
»Und Sie ...?«, sagte die Frau und tippte auf den vor ihr liegenden Ordner, »was soll nun, bitteschön, mit diesem Ordner passieren? Wo, verflucht noch mal, soll ich ihn einordnen? Es gibt in diesem Aktenschrank kein Fach für diesen Ordner, verstehen Sie das denn nicht, Herr Bremer?«
»Wenn Sie es nicht wissen, woher soll ich es denn wissen ...?«, sagte Klaus Bremer.
Kaum hatte er das gesagt, da biss er sich auf die Unterlippe, aber das

war ihm nicht bewusst. Er spürte nur, dass sich seine Hände verkrampften. Die Frau lächelte nicht mehr, Schatten legten sich um ihre Augen, und es waren diese Schatten, die dem Gesicht etwas Trauriges gaben.

»Was würde Ihre Mutter wohl dazu sagen, wenn sie Sie so reden hörte?«, sagte die Frau.

»Meine Mutter, meine Mutter ... was hat denn meine Mutter damit zu tun«, sagte Klaus Bremer, und seine Lippen flatterten.

»Dann muss der Junge wohl sterben ...«, sagte die Frau, drehte sich um und ging durch den Aktenschrank und durch die Wand davon.

»Der Junge, der Junge ... was hat denn der Junge damit zu tun«, schrie Klaus Bremer, und als ihm bewusst wurde, dass die Frau nicht mehr da war, und er allein im Raum stand, da stürzte er auf den Schreibtisch zu, griff den Ordner und warf ihn an die Wand. Er prallte aber nicht davon ab, sondern verschwand darin. Da rüttelte er an dem Aktenschrank und trat mit dem Fuß gegen den Schrank, so heftig und unglücklich, dass ein Schmerz seinen Fuß durchzuckte. Ein großer Schmerz war das. Und es wurde ihm blau vor Augen, so blau, dass er sich gezwungen sah, die Augen zu öffnen.

Klaus Bremer ächzte, als er sich auf dem Boden vor seinem Bett liegend wiederfand. Sein Kopf schmerzte, etwas drückte höllisch gegen seine Stirn. Klaus Bremer konnte sich nicht orientieren. Wer hatte den Nachttisch umgerissen? Die Nachttischlampe lag neben ihm, der Glasschirm war zersplittert. Was war passiert?

Mit der Hand befühlte er seine Stirn, er ertastete eine dicke Beule an der rechten Schläfe.

›Der Junge ...‹, dachte er, ›der Junge ...‹, und erst jetzt spürte er, dass er total durchgeschwitzt war.

Fuenfzehn

Dorothea und ich waren früh aufgestanden, denn sie musste in ihre Praxis, wo bald die ersten Menschen mit dicken Backen und anderen Problemen auftauchen würden, und auch ich hatte mir einiges für den Tag vorgenommen.

Utz Peters erwischte ich noch zu Hause, kurz bevor er in die Redaktion fuhr. Ich kannte seine Zeiten. Seine Stimme klang belegt, als er den Hörer abnahm.

»Was ist mit deiner Stimme, Utz?«, fragte ich.

»Hallo, Philipp. Ich habe eine blöde Halsentzündung, aber gottseidank klingt sie schon ab. Für so etwas habe ich im Augenblick überhaupt keine Verwendung.«

»Hat man jemals Verwendung für eine Halsentzündung?«

»Nein ...«, Utz lachte, »womit kann ich dir dienlich sein, mein Lieber?«

»Ich will mich eigentlich mit dir in den nächsten Tagen zum Mittag- oder Abendessen treffen, um ein Thema anzusprechen, über das ich gerne schreiben möchte ... was mich wirklich interessiert. Auf das ich mehr oder weniger durch einen kuriosen Zufall gestoßen worden bin.«

»Was für ein Thema ist das?«

»Im weitesten Sinne, die Lage der Jugendlichen in dieser Nation ...«

»Oha ...«

»Und im Speziellen über Jugendliche, die auf der Straße leben, die von zu Hause weggelaufen sind. Jugendliche, um die sich keine Sau mehr kümmert – und das werden immer mehr, den Statistiken zufolge. Und da wir uns locker verabredet haben, wollte ich jetzt einen Termin festklopfen. Wenn's recht ist.«

»Das müssen wir verschieben ...«, sagte Utz Peters, »hier ist gewaltig etwas dazwischengekommen. Du weißt ja, dass uns der Bundeskanzler seit einiger Zeit mit einem Bann belegt hat. Wir wurden seit Längerem schon nicht mehr aufgefordert, ihn auf irgendwelchen Reisen zu begleiten. Überraschenderweise habe ich am Montag die Einladung erhalten, den Herrn Kanzler morgen auf einer Reise nach Russland zu Herrn Putin zu begleiten. Das hat hier natürlich alles umgestoßen, aber ich will, ich muss das machen. Vielleicht haben sich Bundeskanzleramt und Bundespresseamt gedacht, dass ich wegen der Kurzfristigkeit absage, aber da täuschen sie sich. Wir müssen unser Treffen also verschieben. Dein Thema finde ich gut, wirklich. Vor allen Dingen freue ich mich aber, dass du wieder aus der Versenkung auftauchst. Wurde, ehrlich gesagt, auch langsam Zeit. Wie geht's Dorothea?«

»Dorothea geht es gut. Ich soll dich von ihr grüßen, übrigens. Hätte ich beinahe vergessen. Ich habe ihr erzählt, dass ich dich anrufe. Freust du dich auf den Bundeskanzler und den neuen Zaren Russlands?«

»Natürlich, ich weiß nur nicht, wie ich diese überraschende Einladung deuten soll? Sind sie einfach zur Besinnung gekommen oder will der Kanzler etwas von uns? Für seine Russlandpolitik braucht er derzeit keine mediale Unterstützung, da ist nichts Aufregendes am Kochen. Aber seine Werte im Inland sind ... aber wem sage ich das. Und ein Ablenken über Probleme der Außenpolitik, zumal Russland betreffend, bringt ihm, wie schon gesagt, keinen Blumentopf ein. Derzeit jedenfalls nicht. Ich bin also sehr gespannt, was da kommt ...«

»Meldest du dich, wenn du zurück bist und wieder Boden unter den Füßen hast, damit wir uns verabreden können, um die Sache anzugehen?«

»Ja, das mache ich. So, wie ich dein Thema im Augenblick sehe, sehe ich es als größere Geschichte, nicht einfach nur ein Ding von zwei Seiten. Wir müssen einigen Jugendlichen nachspüren, müssen mit ihren Familien sprechen, mit ehemaligen Lehrern und Freunden,

mit Verwandten, und was da noch so kreucht und fleucht. Wir müssen die Jugendlichen einen ganzen Tag begleiten, rund um die Uhr sozusagen, mit einem Fotografen. Die Reportage sehe ich schon vor mir, nur harte Schwarzweißfotos. Keine Farbe ...«
»Wollen wir's nicht jetzt doch schon besprechen, Utz?«
»Nein, nein ...«, sagte er und lachte.
»Gute Reise ...«, sagte ich und legte auf.

Der Junge

»Du hast deinen Vater mit dem Hammer erschlagen. Du warst es. Und mir wolltest du es in die Schuhe schieben. Deshalb hast du mich in die Wohnung geschickt. Du ... du ... du ...«, die Lippen des Mannes flatterten, und er rüttelte den schlafenden Jungen an den Schultern.
»Was ... was ist ...?«, der Junge fuhr aus dem Schlaf hoch. »... Was ... wo bin ich?«
»Du bist bei mir, bei mir ... Mich legt man nicht rein. Mich nicht. Das hattest du dir fein ausgedacht, das ist durchtrieben. Das hätte ich nicht von dir gedacht, nicht von dir. Dass du deinen Vater erschlägst ...« In den Mundwinkeln des Mannes sammelte sich weißer Schaum.
»Ich ... ich ... habe nichts getan ...« Der Junge weinte, seine Worte waren nicht zu verstehen, denn der Mann hatte ihm das Tuch nicht abgenommen.
Der Mann sah ihn mit zusammengekniffenen Augen an, dann schoss seine rechte Hand vor, und Klaus versuchte, sich zur Seite zu rollen, um dem Schlag des Mannes auszuweichen. Die Lippen des Mannes flatterten wieder, und etwas von dem weißen Schaum löste sich aus dem Mundwinkel und rann langsam sein Kinn hinunter.
»Ich schlage dich doch nicht ...« Der Mann kicherte und löste mit einer schnellen Bewegung den Knoten des Tuches.
»Ich war es nicht, ich war es nicht. Ich war doch bei Ihnen ...« Die

Worte stürzten aus dem Mund des Jungen, »... ich war doch die ganze Zeit bei Ihnen.«
»Oho, der junge Mann wird vornehm. Die Tage zuvor war ich der nette Klaus und wurde mit ›du‹ angesprochen, jetzt aber, wo wir entdeckt sind, da ...«
»Ich war doch bei Ihnen, die ganze Zeit. Ich habe doch bei Ihnen gebadet, wie soll ich da ...« Klaus schluchzte.
»Bei dir ...«, sagte der Mann, »es muss ›bei dir‹ heißen. Oder bin ich etwa nicht mehr dein Freund?«
Klaus verstand nicht, was der Mann von ihm wollte.
»Ich ... ich ...«. Er stockte.
»Sag ›bei dir‹, hast du mich verstanden? Verdammt noch mal, sag ›bei dir ...‹«, schrie Klaus Bremer, »... du sollst das sagen. Hast du mich nicht gehört?« Er packte den Jungen an beiden Schultern und drückte ihn auf die Matratze.
»Bei dir ... bei dir ... bei dir ...«, stammelte der Junge.
»Was ... bei dir?«, sagte der Mann leise.
»Bei dir ... bei dir ... bei dir ...«, wiederholte der Junge.
»Bei dir gebadet, muss es heißen ...«, sagte der Mann leise, und als der Junge auch diese Worte nachsprechen wollte, legte ihm Klaus Bremer die Hand auf den Mund, »... jetzt nicht. Vielleicht üben wir es heute Abend noch einmal, wenn ich wiederkomme. Bis dahin werde ich mir auch überlegt haben, was mit Ihnen geschehen soll, mein vornehmer Herr.«

Sechzehn

Nach dem Gespräch mit Utz Peters rief ich den Commissario an und besprach mit ihm ausführlich die Anzeigenidee. Er nannte mir eine Telefonnummer der Polizei für die Anzeige, unter der sich Leute mit sachdienlichen Hinweisen melden konnten, und quittierte meine Ankündigung, auch meine eigene Nummer anzugeben, mit einem beredten Schweigen. Aber ich hatte mich dazu entschlossen.

Es gab keine neuen Hinweise auf den Verbleib des Jungen. Den Mann, der Alex hieß, hatten sie noch nicht erwischt, aber sie wussten immerhin schon, dass er Alexander Schüssel hieß und ganz in der Nähe von Familie Wodarz wohnte.

Danach rief ich die Anzeigenabteilungen der Zeitungen an, und überraschte die Chefs mit dem Wunsch, eine ganze Seite bei ihnen kaufen zu wollen. Eigentlich, eigentlich ...

Ich verabredete mich mit den Leuten für später und war mir sicher, dass ich die Seiten bekommen würde. Es lockte das Geld und sicherlich half auch mein Name.

Marlene Wodarz stand, wie verabredet vor ihrer Haustür. In der Hand hielt sie einen Umschlag, in dem sich wohl weitere Fotos ihres Sohnes befanden. Darum hatte ich sie gebeten.

»Wie soll ich Ihnen nur danken, Philipp«, sagte Marlene Wodarz, als sie einstieg.

»Ist schon in Ordnung. Wir müssen jetzt nur noch die Anzeigenplätze bekommen, deshalb sollen Sie auch mitkommen. Wir werden das schon schaffen. Die Fotos haben Sie?«

Marlene Wodarz wedelte leicht mit dem Umschlag.

Die ersten beiden Gespräche liefen problemlos. Wir bekamen die ganzen Seiten, und schnell war auch ein Text entworfen, in dem alles Wesentliche stand. Eine Graphikerin setzte unseren Entwurf gekonnt in ein ansehnliches und für alle Anzeigen verbindliches Layout um. Während sie konzentriert daran arbeitete, musterte sie dennoch ab und zu Marlene Wodarz.

»Wir könnten vielleicht hier unten noch ein paar persönliche Zeilen von Ihnen an Ihren Sohn einklinken, Frau Wodarz. Falls Sie das wollen und für den Fall, dass ihm zufällig die Anzeige in die Hände fällt ...«

»Gute Idee ...«, sagte der Anzeigenleiter, »was meinen Sie dazu, Frau Wodarz, Herr Freyberg?«

»Ja ...«, sagte Marlene Wodarz, und ich nickte.

»Auf zum letzten Termin«, sagte ich, als wir wieder unten auf der Straße standen.

Eine junge Frau führte uns in das Zimmer des Anzeigenchefs, dort erhoben sich wie auf Kommando zwei Männer und strahlten uns entgegen.

»Weißgerber ...«, sagte der Ältere und gab erst Marlene Wodarz und dann mir die Hand, »wir hatten miteinander telefoniert, Herr Freyberg. Darf ich vorstellen, Herr ...«

»Finder ...«, sagte der Mann.

»Unser Chefredakteur ...«, sagte Weißgerber.

»Nehmen Sie Platz, bitte. Kaffee, Tee oder Saft?«, sagte Finder und machte klar, dass ihm auch das Büro des Anzeigenleiters gehörte. Als hätte sie an der Tür gehorcht und auf das Stichwort gewartet, erschien die junge Frau wieder.

»Was darf ich reichen?«

Wir nannten unsere Wünsche, die Frau nickte dazu und verschwand.

Finder zog eine Zigarre hervor und betrachtete sie sehr genau und eingehend.

»Was dagegen, wenn ich rauche ...?« Er sah uns an und nestelte Streichhölzer hervor.

Weißgerber sprang auf, öffnete die Tür zum Vorzimmer und rief: »Bringen Sie doch bitte einen Aschenbecher, Frau Czerz.«
»Ach, immer vergesse ich, dass Sie Nichtraucher sind ...«, sagte Finder, lächelte und zündete seine Zigarre an, »damit sind Sie ja reich geworden, Herr Freyberg? Nicht wahr. Oder zumindest Ihre Familie.«
»Womit?«, fragte ich.
»Mit Rauchwaren«, sagte Finder und blinzelte mich durch den Rauch seiner Zigarre an.
»Rauchwaren sind Pelze ...«, ich lächelte zurück.
»Wie ... Pelze ...?«, fragte Finder.
»Eigentlich bin ich wegen einer anderen Sache hier, aber Sie können es in jedem Lexikon nachlesen, Rauchwaren sind Pelze. Und eben nicht Zigarren und Zigaretten. Machen die meisten Menschen falsch. Zudem ist meine Familie mit Zigaretten reich geworden und nicht mit Zigarren.«
»Stimmt ...«, sagte Weißgerber. Es war nicht auszumachen, ob er die Rauchwaren, meine Familiengeschichte oder alles beides kommentierte. Finder schloss die Augen, sog an seiner Zigarre und sah aus, als mache er sich eine Notiz.
»Wir können Ihnen bei der Anzeige entgegenkommen, wenn Sie uns entgegenkommen ...«, sagte Finder und öffnete die Augen. Weißgerber schien sich nicht richtig wohl zu fühlen, er starrte in seinen Saft. Marlene Wodarz schaute unsicher von einem zum anderen.
»Wie meinen Sie das ...?« Ich sah Finder an.
»Nun, wie meine ich das ...?« Finder befragte sich selbst. »Der reiche Herr Freyberg will sauteure Anzeigen schalten, um einen Jungen zu finden, der von zu Hause weggelaufen ist. Einen Jungen, mit dem er, so steht zu vermuten, eigentlich nichts zu tun hat. Ein Mord ist geschehen, zufälligerweise ist das Opfer der Vater des verschwundenen Jungen. Da soll ich nicht neugierig werden, Herr Freyberg? Ich bitte Sie, ich bin hier Chefredakteur und nicht Anzeigenleiter. Ich werde dafür bezahlt, dass die Leser bei uns die heißesten Stories finden. Das hier ist eine heiße Story, da gibt es keinen Zweifel. Außerdem

muss Ihnen doch klar sein, dass alle Seiten für morgen schon lange belegt sind. Bei uns jedenfalls – was mit der Konkurrenz ist, vermag ich nicht zu sagen. Wir müssten also Anzeigenraum für Sie freischlagen ...«

»Sie geben hier den Kindkaiser und sind doch nur ein Arsch ...«, sagte ich und verwarf den Gedanken, mir eine Zigarette anzuzünden.

»Na, na ...«, Finder sog wieder an seiner Zigarre, »wir sind ja nicht unwillig, Ihnen Raum zur Verfügung zu stellen. Ganz und gar nicht. Wir kommen Ihnen sogar preislich entgegen, auch wenn Ihnen das sicherlich egal ist. Ach, was rede ich, wir unterstützen Ihre Suche redaktionell, das ist ein Angebot, Herr Freyberg. Dann brauchen Sie die Anzeige überhaupt nicht mehr. Sie erzählen uns die Hintergründe, Frau Wodarz gibt uns ein großes Interview, unser bester Reporter und unser bester Fotograf dürfen Sie begleiten. Sie geben uns die Geschichte exklusiv. Ganz einfach.«

Ich stand auf und berührte Marlene Wodarz am Arm.

»Jetzt einfach wegzugehen bringt nichts, Herr Freyberg.« Finder beugte sich in seinem Sessel vor, seinem Gesicht sah man die Anspannung an. Ich blickte erst Weißgerber an und dann Finder.

»Wenn wir jetzt das Haus verlassen und unten steht jemand, um uns zu fotografieren, dann hetze ich Ihnen meine Anwälte auf den Hals, Herr Finder. Legen Sie sich bloß nicht mit mir an ...«

»Fotografieren ist nicht verboten ...«, sagte Finder.

»Vielleicht nicht ...«, sagte ich, »aber ohne Einwilligung veröffentlichen schon. Ich bin kein Presserechtler, dafür habe ich meine Anwälte. Da gibt es bestimmt eine Menge feiner Gesetze, wir werden sehen. Und ich werde nicht aufgeben. Wenn ich diesen Raum verlassen habe, werde ich meine Anwälte anrufen und ihnen ein Gedächtnisprotokoll unseres Gesprächs diktieren. Und schließlich haben ja auch Frau Wodarz und Herr Weißgerber zugehört ...«

»Herr Weißgerber ist hier Anzeigenleiter ...«, sagte Finder.

»Na, und wenn schon ...«, sagte ich und öffnete die Tür.

Als wir in der Lobby ankamen, stand da tatsächlich ein Fotograf und wartete auf uns.

»Ganz ruhig ...«, sagte ich zu Marlene Wodarz, »machen Sie alles mit.«
»Herr Freyberg ...?«
»Ja, bitte ...?«
»Darf ich ein paar Fotos machen?«
Ich tat so, als ob ich nickte, und zog Marlene Wodarz an mich heran. An der Rezeption läutete das Telefon. Ich hatte mich nicht verrechnet.
»Was ist das denn für eine Kamera ...«, fragte ich, als der Fotograf die ersten Aufnahmen machte. Er murmelte einen Namen, den ich nicht verstand.
»Herr Balder, Telefon für Sie ...«
»Jetzt nicht ...«, rief der Fotograf und nahm für einen Moment die Kamera runter.
»Der Chef ...«, rief der Pförtner, »es ist wichtig. Sie sollen sofort an den Apparat kommen. Sofort ...«
»Darf ich mal sehen ...«, sagte ich, streckte meine Hand nach der Kamera aus, »gehen Sie ruhig, wir warten hier auf Sie.«
Der Fotograf schaute einen Augenblick irritiert in Richtung Rezeption, dann reichte er mir seinen Fotoapparat.
»Aber bitte vorsichtig ...«, sagte er und setzte sich in Bewegung.
»Klar doch ...« Ich sah ihm nach. Als er den Telefonhörer in der Hand hatte, schmetterte ich die Kamera auf den Boden, hob sie wieder auf und knallte sie erneut auf den Boden.
»Hey, verdammt noch mal! Was machen Sie denn da?«, schrien Pförtner und Fotograf wie aus einem Mund. Mittlerweile hatte ich einen kleinen Tanz auf den Überbleibseln der Kamera vollführt.
»Ganze Arbeit ...«, sagte ich, als der Fotograf vor mir stand, »ich komme natürlich für den Schaden auf.«

Der Junge

Es dauerte lange, bis der Junge begriff, dass Klaus Bremer vergessen hatte, ihn wieder zu knebeln, als er ging. Der Junge begann, die Beine unter sich zu ziehen, um so in eine sitzende Position zu gelangen. Aber das schmerzte sehr an den gefesselten Beinen, also versuchte er, sich mit gestreckten Beinen aufzusetzen. Nach mehreren vergeblichen Anläufen gelang es ihm, aber dann wusste er nicht weiter.

Verzweifelt bemühte er sich, mit seinen Zähnen an den Reißverschluss des Schlafsackes zu kommen, aber immer wieder rutschte ihm das kleine Metallteil weg. Er ließ sich zurückfallen, Tränen liefen über sein Gesicht. Er musste hier weg. Sein ganzer Körper signalisierte Flucht. Klaus Wodarz fuhr unruhig mit seinen zusammengebundenen Händen auf und ab. Es musste doch etwas geben, durch das er sich aus diesem Sack befreien konnte? Irgendetwas. Wieder irrten seine Blicke durch den Raum. Ein Messer, eine Schere, einen Schraubenzieher. Nichts sah er, nichts.

Sein Zeigefinger blieb unterhalb des Reißverschlusses hängen. Was war das? Vorsichtig bohrte er weiter. Er hielt den Atem an. Ein Loch? Ja, da musste ein Loch sein.

Klaus Wodarz richtete sich auf und schaute an dem Schlafsack hinunter. Er zog die Beine an, auch wenn es verflucht wehtat. So konnte er das Ende des Reißverschlusses besser sehen. Und richtig, da war ein kleines Loch, durch das er die Kuppe seines Zeigefingers sehen konnte. Er bohrte seinen Finger kräftiger in den Stoff und spürte, wie sich das Loch vergrößerte. Nun presste er beide Zeigefinger zusammen, aber das brachte noch nichts. Noch war das Loch zu klein. Beharrlich bohrte er weiter.

Von draußen hörte er ein Geräusch, oder schien es ihm nur so? Er überlegte, ob er schreien sollte, aber vielleicht war es der Mann. Klaus Wodarz legte sich zurück und schloss die Augen. Doch niemand machte sich an der Tür zu schaffen. Und es war auch sonst nichts mehr zu hören. Er musste sich getäuscht haben. Jetzt konnte er seinen Finger schon ganz durch das Loch stecken. Der Stoff gab langsam nach. Wieder versuchte er es mit beiden Fingern, diesmal hatte er Erfolg. Kleine weiße Watte quoll dort hervor, wo der Stoff gerissen war.

Es dauerte lange, bis er beide Daumen durch das Loch stecken konnte, aber als er dann beide Daumen kräftig in Richtung Füße drückte, riss der Stoff ein so großes Stück ein wie noch nie.

Der Junge konnte jetzt beide Hände durch das Loch stecken. Er hatte keinen Plan, wusste nicht, was als Nächstes kam. Er wollte nur den Schlafsack zerreißen und raus raus raus.

Als er so weit war, dass er seine Arme bis zu den Ellbogen aus dem Loch stecken konnte, gerieten seine Bemühungen ins Stocken.

Und wieder war es ihm, als hörte er etwas. Er rollte sich auf den Bauch, damit der Mann nicht gleich sehen konnte, was er gemacht hatte.

Doch es tat sich nichts. Klaus versuchte, den letzten Rest des Stoffes mit beiden Füßen zu zerreißen. Es gelang ihm, aber es brachte nichts. Er musste überlegen.

Doch, er müsste sich jetzt eigentlich hinstellen können. Erst auf die Knie und dann versuchen, mit einem Ruck aufzustehen. Er versuchte es, aber immer wieder verhakten sich seine Füße in dem Stoff. So kam er nicht frei.

Klaus Wodarz atmete durch. Er hatte sich wieder auf den Rücken gelegt. Alle Gliedmaßen taten im weh. Das Klebeband schnitt bei jeder Bewegung in die Hand- und Fußgelenke. Aber er gab nicht auf. Es musste einen Weg geben. Es musste ...

Der Junge rollte sich zusammen und streckte beide Hände nach dem Zipfel des Reißverschlusses aus. Es dauerte lange, aber er schaffte es. Und als er ihn zu fassen bekam, da ließ er ihn nicht mehr los. Ganz

vorsichtig streckte er sich und zog Zahn um Zahn den Reißverschluss auf. Als das geschafft war, war es ein Leichtes, sich hinzuknien und aufzustehen.
Der Junge versuchte, das Klebeband an seinen Händen mit den Zähnen aufzubeißen. Aber das gelang ihm nicht. Der Mann hatte seine Gelenke mindestens drei Mal umwickelt.
Aber dann sah Klaus Wodarz den Nagel, der hinter der Matratze aus der Wand ragte.

Der Mann

Klaus Bremer wusste gleich, dass etwas nicht stimmte, als er die Tür zu dem Gartenhaus öffnete. Ein Windzug fuhr ihm ins Gesicht. Wie konnte das sein? Er stellte den Beutel mit dem Brot und dem Mineralwasser vor der Hütte ab und horchte.
»Junge, Junge ...?«
Klaus Bremer bekam keine Antwort. Hatte man den Jungen entdeckt, warteten hier irgendwo Menschen versteckt auf ihn? Seine Hände begannen zu zittern, so heftig, dass er versuchte, mit der einen Hand die andere Hand zu beruhigen. Schweiß brach ihm aus. Er machte einen Schritt vorwärts, verharrte dann und horchte wieder. Nichts. Kein Geräusch.
Endlich entschloss er sich, die Hütte zu betreten. Auf der Matratze lagen der zerrissene Schlafsack und Reste des Klebebandes. Die Lippen des Mannes flatterten genau so, wie die dünnen Vorhänge vor dem geöffneten Fenster. Mit einem Mal war der Raum in blaues Licht gehüllt. Die Augen des Mannes begannen zu schmerzen, und als könne er die Schmerzen und das Licht vertreiben, fuhr er sich mit der Hand über die Augen. Aber das blaue Licht blieb und auch der Schmerz.
»Das hast du nun von deiner Gutmütigkeit ...«, sagte eine Stimme in seinem Kopf, »der Junge war es nicht wert, dass du ihm geholfen hast. Das hast du nun davon. Die Menschen sind es nicht wert, dass

man sich ihrer annimmt. Sie haben keine Ehre im Leib, sie sind nicht das Schwarze unter dem Fingernagel wert ...«
»Ja, ja ...«, schrie Klaus Bremer, »sei endlich still. Sei still, sei still, sei still ...« Er presste beide Hände gegen seine Schläfen, als könnte er dadurch die Stimme in seinem Kopf ein für alle Mal zerquetschen, »lass mich endlich in Ruhe.«
Klaus Bremer ließ sich nach vorne auf die Knie fallen, die Hände noch immer fest gegen seine Schläfen gepresst.
»Wie sprichst du denn mit mir ...?«, sagte die Stimme, »du bist doch unbelehrbar gewesen, du hast doch deine Lektion nicht gelernt.«
»Ja, ja, und was soll ich jetzt tun?«
»Du musst den Jungen suchen, nein, du musst den Jungen finden. Unbedingt. Dieser Junge ist die Schlinge, die sich langsam zuzieht; sie ist um deinen Hals gelegt und wird dir die Luft nehmen. Du musst diese Schlinge lösen. Du weißt doch wohl, was ich meine? Oder?«
Klaus Bremers Brust entrang sich ein Stöhnen.
»Ehre, Stolz und Mut müssen die wichtigsten Elemente in deinem Leben sein. Vor allen Dingen darfst du keine Angst haben. Wenn du Angst hast, können die Menschen mit dir machen, was sie wollen, und du musst immer zurückweichen. Aber man kann nicht immer rückwärts gehen vor Angst. Irgendwann ist da die Wand, und dann geht es nicht mehr weiter.
Ich bin immer vorwärts gegangen. Wenn etwas kommt, dann kommt es eben. Aber das Böse ist zu bekämpfen. Der Tod hat ein strenges Herz.«
Klaus Bremer nickte, ja natürlich, so war es. Das hatte er doch schon vor langer, langer Zeit verstanden. Immer vorwärts gehen. Wenn etwas kommt, dann kommt es eben. Der Tod hatte ein strenges Herz. Keine Angst haben. Man kann nicht immer rückwärts gehen.
Klaus Bremer lächelte. Behutsam nahm er die Hände von seinen Schläfen, der Druck in seinem Kopf hatte sich verflüchtigt. Die Stimme sprach nicht mehr, sie hatte alles gesagt, was notwendig war. Wieder einmal hatte sie ihm Mut gemacht. Wie immer.

Dafür fühlte er jetzt eine tiefe Dankbarkeit in sich, und eine große Erleichterung breitete sich in ihm aus. Vorsichtig öffnete er die Augen. Das blaue Licht war verschwunden. Alles war wieder so, wie es sein musste. Er musste den Jungen finden. Er musste zu diesem Haus in St. Georg, wo der Junge Freunde hatte und manchmal schlief. Bestimmt hatte er sich dort verkrochen.
Gleich jetzt würde er sich dorthin auf den Weg machen. Und er würde den Jungen finden.
Der Tod hat ein strenges Herz.

Tag Sechs:
Donnerstag

Siebzehn

Das Telefon weckte mich gegen halb zwei morgens. Ich war früh ins Bett gegangen, da ich mich zerschlagen fühlte. Zuvor hatte ich mit Marlene Wodarz noch besprochen, dass sie gegen acht Uhr morgens zu mir kommen sollte, damit ich nicht die ganze Zeit am Telefon hocken musste.

»Freyberg.« Es hatte mich einige Mühe gekostet, das Telefon auf meinem übervollen Nachttisch zu finden.

»Herr Freyberg ...«, sagte eine weibliche Stimme.

»Ja ...«

»Sie sind der Mann, den man anrufen soll, wenn man etwas über Klaus Wodarz weiß, den kleinen Jungen, über den die Nachtausgabe berichtet hat ...?« Es war etwas mehr als Frage denn als Feststellung formuliert.

»Ja, und mit wem spreche ich?«

»Mein Name ist Anna ...«

»Anna, und wie weiter ...?«

»Das tut nichts zur Sache, nicht weil ich ein Geheimnis daraus mache, sondern weil wir alle nur Vornamen haben. Mein Nachname gehört einer anderen, einer vergangenen Zeit an, ich habe ihn vergessen ...«

»Wer ist wir?«

»Wir, das sind die Menschen ohne Zuhause, die mal hier und mal dort schlafen ...«

Ich schwieg und dachte, dass die Frau, die mich anrief, vielleicht Anfang zwanzig sein könnte. Sie hatte eine angenehme Stimme, und sie sprach vollkommen unaufgeregt.

»Sind Sie noch da, Herr Freyberg?«

»Natürlich, Entschuldigung. Was ist mit Klaus Wodarz?«
»Was mit ihm jetzt ist, kann ich nicht sagen. Der kleine Klaus, so nennen wir ihn, ist am Mittwoch von zu Hause weggelaufen ...«
»Ich weiß ...«
»Und von Mittwoch auf Donnerstag hat er bei uns geschlafen ...«
»Wo wohnen Sie, und wer ist jetzt wir?«
»Ich wohne nicht. Wenn ich sage, Klaus hat bei uns geschlafen, dann meine ich bei Jacob und mir im Abbruchhaus am Steindamm. Klaus hat uns erzählt, dass sein Vater total ausgerastet ist ..., sein Vater ist ja jetzt tot ...«
»Ich weiß. Wie haben Sie Klaus kennen gelernt? Können wir uns treffen?«
»Ja, na klar, können wir uns treffen. Kein Problem. Ich las nur eben in der Zeitung, dass Sie Klaus suchen. Und da dachte ich, es ist besser, sich sofort zu melden. Wir mögen den Kleinen nämlich gern, und wie wir ihn kennen gelernt haben, kann ich gar nicht sagen. Irgendwann war er einfach da, saß in einer Ecke und weinte. Das ist schon Monate her, da haben Jacob und ich den Kleinen mitgenommen. Er ist sofort eingeschlafen. Am nächsten Morgen war er verschwunden, aber er hatte uns zwei Äpfel hingelegt. Jacob und mir. Von da an ist er ab und zu aufgetaucht. Das letzte Mal am Mittwoch eben, aber danach hab ich ihn nicht mehr gesehen. Und wenn Sie ihn jetzt suchen, dann heißt das ja, dass er seit Mittwoch nicht mehr zu Hause war, oder?«
»Ja, das bedeutet es ...«, sagte ich.
»Hoffentlich ist dem Kleinen nichts passiert. Was meinen Sie, hat das vielleicht etwas mit dem Vater zu tun, mit dem ... dem Tod des Vaters?«
»Nein, das glaube ich nicht, und auch die Polizei nicht. Zumindest gibt es keinerlei Anzeichen dafür. Zur Zeit jedenfalls nicht.«
»Wann wollen wir uns treffen?«, fragte das Mädchen, das Anna hieß.
»Gegen zehn ...,« sagte ich, »und wo?«
»Kennen Sie das Café Gnosa an der Langen Reihe in St. Georg?«
»Nein, aber ich werde es finden. Wie erkennen wir uns?«

»Ich habe strohblondes, langes Haar und trage eine Jeans-Jacke und stelle mich genau an den Eingang.«
»Bis zehn Uhr dann«, sagte ich.

Der Junge

Der Junge saß hinter der Gartenlaube, die genau gegenüber der Hütte lag, in der der Mann ihn festgehalten hatte, trank das Mineralwasser und aß die Brötchen, die der Mann vor der Hütte vergessen hatte, als er erkannt hatte, dass sein Gefangener entwischt war. Klaus Wodarz hatte sich alles genau überlegt, als er endlich seinem Gefängnis entkommen war. Erst wollte er nur einfach weglaufen, weg, ganz weit weg. Aber das würde der Mann auch vermuten, und vielleicht würde er mit seinem Auto die Straßen von Wandsbek abfahren, um ihn zu finden. Und bestimmt würde er auch hinter der Schule nach ihm suchen. Vielleicht auch bei Jacob und Anna. Warum hatte er dem Mann nur alles erzählt?
Es war dunkel, und er hatte keine Ahnung, wie spät es war, er hatte Hunger und Durst, wusste nicht, ob die U-Bahn noch fuhr. Um diese Zeit war es viel zu gefährlich, schwarz mit der U-Bahn zum Bahnhof zu fahren, um zu Jacob und Anna zu gehen.
Nein, viel klüger war es, hier in der Nähe zu bleiben, und den Mann zu beobachten, wenn er kam, um nach seinem Gefangenen zu schauen. So hatte es sich Klaus Wodarz genau überlegt, so würde er den Mann beobachten können. Das war viel besser, als immer fürchten zu müssen, dass der Mann ihn auf der Straße entdecken könnte. Und so hatte Klaus Wodarz hinter der gegenüberliegenden Laube gewartet, bis der Mann endlich kam. In seiner Hand trug er einen Beutel, den er abstellte, als er die Tür aufschloss. Klaus hatte genau gesehen, wie der Mann gezögert hatte, die Hütte zu betreten. Als er eingetreten war, hörte Klaus erst nichts, doch dann schrie der Mann auf einmal: »Ja, ja ... sei endlich still. Sei still, sei still, sei still ... lass mich endlich in Ruhe!«

Ein eisiger Schreck hatte den Jungen durchzuckt. Es war doch niemand in der Hütte, wen hatte der Mann denn nur angeschrien? Der Mann musste verrückt sein, total durchgedreht war dieser Klaus Bremer.
Es dauerte noch einige Zeit, bis der Mann wieder zum Vorschein kam und einfach losging. Er schloss die Hütte nicht ab und hob auch den Beutel nicht auf, er ging einfach los. Er sah wie ein Schlafwandler aus.
Erst als der Junge sicher war, dass der Mann wirklich verschwunden war, huschte er zur Hütte rüber und nahm sich den Beutel. Er würde den Rest der Nacht noch hier bleiben. Morgen würde er dann zu Jacob und Anna fahren. So hatte es sich der Junge überlegt.

Jacob und Anna

Als Anna von der Telefonzelle am Bahnhof zurückkam, von der aus sie mit diesem Philipp Freyberg telefoniert hatte, fand sie Jacob nicht mehr bei den anderen, sondern er hockte zusammengekauert in einer Ecke. Sie war sich sicher, dass er wieder geweint und seine Hände angestarrt hatte. Die beiden Hunde lagen dicht aneinander geschmiegt auf der Decke und dösten friedlich vor sich hin. Sie schauten nur kurz auf, als Anna kam, und blinzelten ihr zu.
»Was ist mit dem kleinen Klaus«, fragte Jacob, als Anna neben ihm stand. Ja, dachte sie, er hat wieder geweint.
»Dieser Herr Freyberg wusste auch nichts, er sucht zusammen mit der Mutter von Klaus nach ihm. Wir haben uns um zehn vorm Gnosa verabredet.«
»Ich komme nicht mit ...«, sagte Jacob.
»Ich weiß doch, Jacob ...«, sie hockte sich neben ihn, «dreh mir nur nicht ab. Ich liebe dich, Jacob. Weißt du das eigentlich ...?«
Jacob schlang seine Arme um Anna, legte seinen Kopf an ihre Brust und murmelte etwas, das sie nicht verstehen konnte. Es war anstrengend für Anna, in der Hocke zu verharren. Aber sie hielt es aus,

auf sie kam es jetzt nicht an. Als Jacob seinen Kopf von ihrer Brust nahm, setzte sie sich hin und drehte ihnen beiden eine Zigarette. Sie rauchten schweigend, nur ab und zu strich Anna Jacob übers Haar oder streichelte seine Wange. Sie spürte, dass er sich wieder beruhigt hatte.

»Weißt du, was seltsam ist ...«, sagte Jacob und zog an seiner Zigarette, »als du weg warst, kam Jack vorbei und sagte, da hätte so'n Typ nach dem kleinen Klaus gefragt ...«

»Was ...?«, sagte Anna, »wer hat nach Klaus gefragt?«

»So'n Typ eben, der hat Jack ein Foto von Klaus gezeigt und gefragt, ob er den Jungen heute Nacht hier gesehen hat. Jack sagt, auf dem Foto hätte Klaus ausgesehen, als würde er schlafen. Weißt du, so mit Augen zu und so. Ja, und er hätte in einem Schlafsack gesteckt.«

»Schlafend ...?«, sagte Anna zögernd, »schlafend, oder meinte Jack, dass Klaus eher wie ...?«

»Was meinst du ...?«, Jacobs Stimme war brüchig.

»Tot, meinte ich ... hat Jack das auch gesagt?«

»Jack hat ›schlafend‹ gesagt. Nur schlafend und nichts anderes ...« Jacobs Stimme hörte sich wieder fester an, »... wer das wohl war?«

»Ein Bulle ...?« Anna sah Jacob aufmerksam an.

»Glaubt Jack nicht. Wär ein alter Mann gewesen, sagt er, seine Hände hätten furchtbar gezittert. Und er hätte auch andere gefragt, sagt Jack, nicht nur ihn.«

»Wo ist der Mann jetzt?«

»Jack sagt, er hätte gesehen, wie der Mann in ein Taxi gestiegen und weggefahren sei. Ist das nicht seltsam? Was hat das alles nur zu bedeuten?«

»Vielleicht ist das ein Privatdetektiv, der nach dem Jungen sucht.«

»Meinst du? Vielleicht hat dieser Freyberg ihn engagiert ...«, sagte Jacob.

»Kann ich ihn nachher im Gnosa fragen ...«

»Du musst ihm unbedingt von diesem Typen mit dem Foto von Klaus erzählen, unbedingt.«

»Das werde ich tun, da kannst du sicher sein.«

Schweigend saßen sie beieinander in diesem Abbruchhaus, auf dieser leeren Etage. Aus einem anderen Winkel klang Gitarrenmusik herüber, aber nur ganz zaghaft. Weiter hinten hockte eine Gruppe beim Licht einer Campinglampe zusammen. Sie erzählten sich Geschichten.

»Wollen wir noch rübergehen?«, fragte Anna.

»Nein«, sagte Jacob.

Anna nickte, aber das konnte er nicht sehen, denn er starrte in die Dunkelheit. Anna drehte ihnen noch eine Zigarette. Als sie aufgeraucht hatten, küsste Anna Jacob, drückte ihn ganz fest an sich und vergrub ihr Gesicht in seinem Haar.

»Ist gut jetzt ...«, sagte Anna und gähnte, »wir sollten jetzt schlafen. Und denk nicht so viel nach, Jacob.«

»Ja ...«, sagte Jacob, »wenn ich schlafe, muss ich meine Hände nicht sehen.«

Achtzehn

Ich hatte einen Riesenfehler gemacht, und ich brauchte keine fünf Minuten, um es zu begreifen. Um sechs Uhr früh brach die Hölle los, das Telefon klingelte ununterbrochen. Alle möglichen Leute riefen an, um zu erzählen, wo sie Klaus Wodarz gerade gesehen hatten. In Blankenese, an der Autobahnraststätte Stillhorn, in einem Kaff namens Stelingen, in Hannover, in Frankfurt, in München, in ganz Deutschland. Erst verstand ich es nicht, dann begriff ich. Ich zog mir schnell Jeans und T-Shirt über und rannte zum Zeitungsladen.

Finder hatte sich gerächt. Die Anzeigen, die ich aufgegeben hatte, bestrichen nur den Raum Hamburg. Wer also konnte in Frankfurt wissen, dass in Hamburg ein Junge vermisst wurde?

Finder hatte mich zum Aufmacher erkoren, ein altes Foto von mir zierte die Titelseite. Er hatte sich geweigert, die Anzeige anzunehmen, aber dafür hatte er alles im Artikel verbraten. Und natürlich hatte er meine Telefonnummer fett reingesetzt. Der Artikel nannte mich einen leicht spleenigen Multimillionär, der sich nicht immer unter Kontrolle hatte. So hätte ich gestern beispielsweise, vor Wut schäumend die Kamera eines Fotografen der Zeitung zerstört, nur weil ich fotografiert werden sollte. Man sehe aber von einer Anzeige ab, da ich augenscheinlich unter großem Druck stehe. Marlene Wodarz wurde zwar als Mutter angesprochen, die verzweifelt nach ihrem Sohn suchte, aber dann berichtete die Zeitung nochmals breit und ausführlich über den Mord am Ehemann dieser jungen, überaus attraktiven Frau. In diesem Zusammenhang wurde darauf hingewiesen, dass nicht bekannt sei, wie lange schon der etwas spleenige Multimillionär mit der attraktiven Frau eines ermordeten Werkzeugmachers befreundet sei.

Als ich aus dem Fahrstuhl trat, hörte ich schon mein ununterbrochen klingelndes Telefon.
Ich nahm den Hörer ab und hörte einer älteren Frau aus Darmstadt zu, die Klaus Wodarz soeben in einer Bäckerei gesehen haben wollte. Sie hatte ihm zwei Brötchen gekauft und wollte ihn in ein Gespräch verwickeln, bis die Polizei gekommen wäre. Aber leider war der Junge – »Sie haben übrigens einen sehr hübschen und sehr höflichen Sohn, Herr Freiburg« – entwischt. Ich bedankte mich höflich, die alte Dame wollte aber nicht bedankt sein. Ihr reiche der Gedanke, dass sie mir berichten könne, mein Sohn sei am Leben.
Ich bin fest davon überzeugt, dass das Telefon schon wieder klingelte, bevor ich aufgelegt hatte. Und dann wieder und wieder. Ich telefonierte ununterbrochen, sodass ich kaum Zeit fand, Marlene Wodarz die Tür zu öffnen.
Zuerst hatte ich mir noch Notizen gemacht, aber sollte ich die alle an die Polizei weitergeben? Hier, auf meinem Tisch, waren sie nutzlos.
»Haben Sie das gelesen, Philipp?«, fragte Marlene Wodarz, als sie neben mir stand, und mir die Schlagzeile vor die Nase hielt. Ich war gerade dabei, einem Mann zu erklären, dass im Augenblick noch keine Belohnung ausgesetzt sei, was dieser unverschämt fand und ihn veranlasste, einfach aufzulegen. Ohne einen einzigen Hinweis.
»Wir müssen das anders machen ...«, sagte ich, »das war die reinste Schnapsidee von mir. Das bringt überhaupt nichts. Ich werde ab jetzt sagen, dass es eine Belohnung von zehntausend Euro gibt, aber die Leute müssen bei der Polizei anrufen.«
Von meinem Handy aus rief ich den Commissario an und erklärte ihm die neue Situation.
»Ich hatte es dir ja gesagt.« Genugtuung sprach aus seiner Stimme.
»Ich hatte es dir ja gesagt, ich hatte es dir ja gesagt ...«, äffte ich ihn nach, »erzähl mir lieber, ob es was Neues gibt?«
»Nein, nur dass die Menschen unsere Telefonleitungen auch zum Glühen bringen. Sobald wir etwas wissen, rufe ich an. Im umgekehrten Fall bitte auch.«

Neunzehn

Ich sah das Mädchen schon von weitem, als ich auf das Café Gnosa zuging. Sie hatte tatsächlich wallendes, strohblondes Haar. Vielleicht hatte ich sie mir deshalb größer vorgestellt, aber Anna war eine kleine, zierliche Person von höchstens einem Meter sechzig Körpergröße.

Sie trug weder ein Piercing noch, so weit ich es sehen konnte, ein Tattoo.

»Anna ...?«

Sie nickte mir zu und lächelte mich an. Gemeinsam betraten wir das Café, das den Charme der Sechzigerjahre ausstrahlte.

»Möchten Sie frühstücken ...?«, fragte ich, als wir saßen. Die roten Sessel waren bequem, und irgendwie fühlte man sich, als säße man in Omas Wohnzimmer.

»Wenn es Ihnen nichts ausmacht ...«, sagte Anna und musterte mich ernst mit ihren grünen Augen, »Rufen schon Leute an wegen Ihrer Anzeige?«

»Sie waren die Erste, aber seit sechs Uhr heute früh klingelt das Telefon ununterbrochen.«

»Und sind schon wichtige Hinweise ...?«

»Kann ich nicht sagen. Wir verweisen jetzt an die Polizei, und die muss ja erst den Hinweisen nachgehen. Das wird dauern, die Spreu vom Weizen zu trennen. Aber eine Menge Spinner rufen an, das kann ich Ihnen sagen.«

»Hoffentlich ist dem kleinen Klaus nichts passiert. Hoffentlich nicht.«

Unser Frühstück kam, der Kaffee war ausgezeichnet.

»Gestern Nacht hat ein älterer Mann Leute von uns angesprochen, ob sie Klaus gesehen hätten. Er hatte ein Foto von Klaus dabei. War der von Ihnen ...?«

»Wer ...?«, fragte ich, »... der Mann? Sie meinen, ob ich den beauftragt habe? Nein, ganz sicherlich nicht.«

»Polizei? Kann er von der Polizei gewesen sein ...?«

»Sie sagten älter, Anna. Wie alt denn ungefähr?«

»Der Lange sagt, zwischen sechzig und siebzig Jahre alt. Ungefähr.«

»Der Lange ...?«

»Ein Kumpel von uns.«

»Einen Moment, bitte ...«, sagte ich, zog mein Handy aus der Tasche und rief Reinhart Reuther an.

»Commissario, ich sitze hier gerade mit einer jungen Frau zusammen, die mir einiges über Klaus Wodarz erzählt, so zum Beispiel, dass der Junge ab und zu in einem Abbruchhaus am Steindamm übernachtet ...«

»Das ist verboten«, donnerte Reinhart.

»Interessiert jetzt nicht ...«, sagte ich und erzählte dem Commssario, was ich von Anna am Telefon und jetzt hier erfahren hatte.

»Von uns ist das niemand gewesen. Kann der Mann, der angesprochen wurde, vielleicht freundlicherweise zum Polizeirevier gegenüber von Hauptbahnhof gehen und dort eine möglichst genaue Personenbeschreibung zu Protokoll geben? Das wäre mehr als hilfreich für uns.«

»Moment ...«, sagte ich und fragte Anna danach.

»Wird kein Problem sein«, meinte sie.

»Wird kein Problem sein«, gab ich weiter.

»Je eher desto besser.«

»Der Junge sah auf dem Foto aus, als ob er schliefe ...«, flüsterte Anna.

»Was ...?«

»Was ...?«, erklang Reinharts Stimme aus dem Handy.

»Moment bitte, Reinhart.«

»Wiederholen Sie das bitte, Anna.«

Als ich Reinhart das erzählte, pfiff er und klopfte mit irgendetwas auf seinen Schreibtisch.

»Seltsam, seltsam ...«, sagte er, »mit dem Bild eines schlafenden Jungen unterwegs zu sein. Der Mann, der angesprochen worden ist, soll bitte so schnell wie möglich auf der Wache erscheinen. Ist mir wichtig. Ich melde mich ...«
Als Anna und ich uns voneinander verabschiedeten, gab ich ihr meine Handynummer und bat sie, mich anzurufen, sobald es etwas Neues gäbe. Und ich bat sie, ihren Freund Jacob zu grüßen.

Der Junge

Erst später hatte Klaus Wodarz bemerkt, dass die Fensterscheibe von der Hütte, hinter der er sich versteckt hatte, zerbrochen war. So war es ihm ein Leichtes, in die Hütte einzusteigen. Sie war bis auf zwei alte Teppiche und einen alten Stuhl vollkommen leer geräumt. Es stank nach Pisse und modrigem Holz. Bald würde hier eh' alles niedergerissen.
Der Junge rollte sich in die Teppiche ein und schlief sofort ein. Er erwachte erst, als die Sonne, die durch das Fenster schien, ihn weckte. Aufmerksam musterte er sich und seine Kleidung. Sie sah nicht mehr so richtig gut aus, aber auch nicht völlig runtergekommen. So konnte er sich noch auf die Straße wagen. Er sah das Truckerkäppi erst, als er schon dabei war, aus dem Fenster zu steigen. Er nahm es sich und setzte es auf. Es war viel zu weit. Er verstellte das Bändchen, bis es passte.
Immer wieder drehte er sich auf dem Weg zur U-Bahnstation um, aber er konnte den Mann nicht entdecken. Er lächelte, als er im sicheren U-Bahn Wagen saß und Richtung Hauptbahnhof fuhr. Die Bahnhofsuhr zeigte kurz vor zwölf an. Klaus Wodarz zog sich das Käppi tiefer ins Gesicht und ging in Richtung Steindamm. Die Menschen strömten rechts und links an ihm vorbei. Sie hatten es alle eilig. Er nicht. Er war sich sicher, dass er Anna und Jacob finden würde. Vielleicht konnte er ja bei ihnen bleiben. Vielleicht könnte er für sie so etwas sein wie ein kleiner Bruder. Schließlich konnte er auch

einiges besorgen. Er war gut im Klauen, auch wenn er den Eindruck hatte, als ob Jacob das nicht wirklich gut fand. Hier in der Stadt hatte er keine Angst, dass der Mann ihn entdeckte. Hier würde es der Mann nicht wagen, ihn einzufangen. Da würde er schreien. Oder weglaufen. Oder beides.

Wie es wohl seiner Mutter ging? Er dachte daran, sie anzurufen. Er hatte kein Geld, aber das konnte er sich erbetteln. Doch irgendwie musste er sich bei seiner Mutter melden. Sie würde sich Sorgen machen. Obwohl Klaus fand, dass seine Mutter ihn verraten hatte. Viele, viele Male. Aber daran wollte er jetzt eigentlich nicht denken. Er musste versuchen, an eine Zeitung zu kommen. Vielleicht stand da etwas über seinen Vater drin. Ach nein, das war schon etwas her. Wann war das gewesen, als der Mann Blut besudelt zurückgekommen war? Sonntag? Ja, das war Sonntag gewesen. Und welcher Tag war heute? Der Junge wusste es nicht und nahm sich vor, an einen Kiosk zu gehen, um auf eine Zeitung zu schauen.

Das Abbruchhaus war leer, keine Menschenseele befand sich im Gebäude. Er hatte alle Etagen durchwandert, nur die oberste nicht. Vor der hatte er Angst, da hatte irgendjemand einen Teil der Wand herausgeschlagen. Wer da herausfiel, fiel in den Tod.

Jacob und Anna hatten ihn einmal mit hoch genommen. Man konnte von da aus, wo die Wand weggebrochen war, des Nachts auf die beleuchtete Stadt sehen. Es war, als ob man im Freien stand. Anna und Jacob hatten sich genau an die Kante gesetzt, eine Zigarette geraucht und Bier getrunken.

»Schön, einfach schön ...«, hatte Anna gesagt, »kribbelt toll im Bauch.«

Unter sich hatten sie den Abgrund und fürchteten ihn nicht.

»Komm doch auch, Klaus ...«, hatte Jacob ihn gelockt, »es ist ganz geil hier. Wirklich, du musst ja nicht runterschauen, wenn dir schwindelig ist.«

Aber Klaus war allein vom Zusehen schon schwindelig geworden, er musste sich die Höhe nur vorstellen, um in sich das Gefühl zu be-

kommen, als zöge die Erde ihn magisch an. Als wollte sie ihn sofort haben. Als müsste er hinunterspringen.
Klaus hatte sich in sicherer Entfernung zur Öffnung auf den Boden gesetzt. Seine Hände hatte er auf den Betonboden gepresst, so als könne der ihm zusätzlichen Halt geben. Diese Öffnung zur Nacht sog ihn mit unheimlicher Kraft an, ihm war es, als müsse er sich selbst noch in dieser sicheren Entfernung gegen den Sog stemmen. Und er konnte überhaupt nicht verstehen, wie Anna und Jacob an diesem Abgrund mit baumelnden Beinen sitzen konnten. Wer dort hinunterstürzte, der fiel zehn Stockwerke in die Tiefe. Klaus war froh gewesen, als sie dieses Stockwerk endlich verließen.
Auf dem Rückweg fand der Junge ein Stück Zeitung, es war von einem Dienstag. Aber da er nicht wusste, welches Datum heute war, konnte er mit der Zeitung nichts anfangen. Außerdem war es nur der Sportteil. Er knüllte das Papier zusammen und warf es in den Raum. Es war ihm, als höre er das Schaben von Füßen auf Beton und das Hecheln eines Hundes. Wenn jetzt einer der Männer vom Sicherheitsdienst kam, die das Haus tagsüber kontrollierten, dann war er dran.
Jacob hatte ihm erzählt, dass die Leute vom Sicherheitsdienst einen erbarmungslos zur Polizei schleppten. Dort wurden dann die Personalien aufgenommen und man erhielt einen Platzverweis. Danach karrten einen die Bullen in einem Sammeltransport in einen total weit entfernten Stadtteil und man konnte zusehen, wo man blieb und wie man zurückkam. Aber zurückkehren durfte man nicht. Jedenfalls nicht für den Zeitraum, für den der Platzverweis ausgesprochen worden war. Wurde man während der Zeit, für die der Platzverweis galt, dort erwischt, kam es noch ärger.
Klaus Wodarz drückte sich gegen die Wand, die Schritte kamen näher. Immer näher. Er hörte jemanden husten und dann auf den Boden spucken.
»Ruhig, Kalb ...«, sagte eine heisere Männerstimme, »zerr nicht so an der Leine. Warum bist du denn so unruhig. Glaubst du, da ist jemand? Ruhig, Kalb.«

Ganz vorsichtig schob sich der Junge an der Wand entlang tiefer in den Raum hinein.
»Holla, wen haben wir denn da ...?« Der Mann und sein Hund hatten den Raum betreten, »vor dem Hund musst du keine Angst haben. Der tut dir nichts. Bist wohl auf Besuch hier, genau wie ich?«
»Ja ...«, sagte der Junge. Der Mann war garantiert nicht vom Sicherheitsdienst, ein Alk vielleicht.
»Nicht viel los hier, in der Butze. Wo sind die denn alle? Findet die Party woanders statt, was meinst du, Kalb? Sollen wir wieder gehen?« Der Mann lachte. Wieder musste er husten und spuckte dann, was ihm in den Hals gekommen war, auf den Boden.
»Scheiß Husten ...«, sagte er.
Ein Alk, dachte der Junge, nur ein Alk. Der Mann verteilte mit dem Turnschuh, was er gerade auf den Boden gespuckt hatte. Dann holte er eine Schachtel Zigaretten aus seiner Jacke und zündete sich eine Zigarette an.
»Auch eine ...?« Auf die Entfernung hin hielt der Mann die Schachtel in Richtung des Jungen und stieß den ersten Rauch aus.
»Ich rauche nicht ...«, sagte Klaus Wodarz, »ich habe noch nie geraucht.«
»Bist ja auch noch'n büschen jung dafür. Wenn du klug bist, fängst du gar nicht erst damit an. Ist ein kompletter Scheiß. Blöde Paffe-rei.« Wieder hustete der Mann.
Der Junge scharrte mit seinem Fuß auf den Boden und wünschte sich, dass der Mann endlich verschwand.
»Kenn ich dich irgendwoher ...?«, sagte der Mann, »komm mal näher.«
»Nein ...«, sagte Klaus Wodarz.
»Was nein ... sitz, Kalb! Mach hier keinen Aufstand.«
»Wir kennen uns nicht ...«, sagte der Junge.
»Woher willst du das denn wissen, ob wir uns kennen oder nicht? Mir ist, als ob ich gerade ... komm doch mal näher. Nun hab doch keinen Schiss, ich tu dir doch nichts. Seh ich vielleicht so aus, als ob ich kleinen Kindern etwas tue?«

Klaus antwortete nicht.
»Seh ich etwa so aus, als ob ich ...«
»Nein ...«, sagte Klaus Wodarz, »nein, ganz bestimmt nicht.«
»Dann komm näher, verdammt noch mal. Damit ich dich besser sehen kann.«
Langsam Fuß vor Fuß setzend schob sich der Junge vorwärts. Er musste hier raus. Wie aber an dem Mann und seinem Hund vorbeikommen? Wenn er jetzt losrannte, dann wäre es für den Mann ein Leichtes, ihm den Weg durch die Tür zu verstellen. Nein, er musste ganz nah an den Mann und seinen Hund herangehen und dann in einem günstigen Moment, wenn der Mann vielleicht woanders hinsah, losrennen. Ob der Mann den Hund losmachen und auf ihn hetzen würde? Davor hatte er Angst. Vor Hunden und vor Höhe hatte der Junge Angst. Nein, das stimmte nicht ganz. Vor seinem Vater hatte er Angst gehabt, vor ihm am meisten sogar. Vor den Hunden von Jacob und Anna hatte er keine Angst gehabt. Die waren nur lieb und warm zu ihm gewesen. Der Mann hustete wieder. Schritt für Schritt näherte sich Klaus Wodarz dem Mann und seinem Hund. Der Hund begann zu schnüffeln und an der Leine zu zerren, als Klaus näher kam.
»Ruhig, Kalb. Was ist denn mit dir los? Bist du blöd oder was? Mach Platz, hörst du, mach Platz!«
Der Hund setzte sich tatsächlich und beruhigte sich etwas. Allerdings hing ihm die lange Zunge aus dem Maul heraus. Das sah eklig aus.
»Ja, ich kenne dich tatsächlich ...«, sagte der Mann, »ja, du bist doch der Junge mit dem toten Vater. Du wirst überall gesucht. In jeder Zeitung ist dcin Bild.«
Und Klaus Wodarz begann zu rennen, um den Mann und seinen Hund herum. Und er drehte sich nicht um.
»He, bleib stehen, für dich gibt es doch bestimmt ’ne‹ Menge Geld. Bleib stehen, verdammt noch mal!«
Doch der Junge rannte nur.

Zwanzig

»Sind Sie Philipp Freyberg ...?«, sagte die Stimme am Telefon, »... der Philipp Freyberg, der heute überall in den Zeitungen steht, der diesen entlaufenen Jungen sucht?«

»Ja, der bin ich.«

Als ich von dem Gespräch mit Anna zurückgekommen war, fand ich Marlene Wodarz in Tränen aufgelöst. Sie hatte unentwegt Telefonate angenommen und konnte es nicht länger ertragen, wie sich die Menschen aufführten. Sicherlich, da waren Leute am Telefon, die meinten, einen ernsthaften Hinweis zu haben. Aber andere waren besoffen, sangen ein Lied vor, wollten Geld oder beschimpften sie als Schlampe, die einfach besser hätte aufpassen müssen.

Ich hatte Marlene Wodarz ein Taxi bestellt und sie nach Hause geschickt. Seitdem saß ich in meiner Wohnung, rauchte, trank Kaffee und telefonierte mir die Ohren wund. Es war zwanzig Minuten nach Drei.

»Dem Jungen geht es gut ...«

»Mit wem spreche ich ...?«

»Das tut nichts zur Sache, ich sage Ihnen nur, dass es dem Jungen gut geht – bis gestern jedenfalls ...« Die Stimme des Mannes zitterte leicht.

»Was soll das heißen ...?«, fragte ich, »soll das hier ein grober Scherz sein? Davon habe ich heute schon genug gehabt.«

»Wenn Sie, mein Herr, glauben, ich scherze, dann lege ich auf ...«

»Legen Sie nicht auf ... Herr ...«, sagte ich. Etwas an der Stimme und der Art, wie der Mann sprach, fesselte mich.

»Sie dürfen mich ›Herr Klaus‹ nennen, mehr aber nicht.«

»Dann heißen Sie ja wie der Junge, der verschwunden ist«, sagte ich.

»Ja, nicht wahr. Das war mir auch sofort aufgefallen, als ich den Jungen vor einigen Tagen kennen gelernt habe. Aber das war nicht unsere einzige Gemeinsamkeit ...«
»Vor einigen Tagen ...?«, hakte ich nach.
Für einen Moment schien der Mann ob meiner Zwischenfrage verwirrt zu sein, und ich ärgerte mich, dass ich sie gestellt hatte. Ich musste den Mann reden lassen. Menschen wollen von sich erzählen.
»Versuchen Sie, mich auszuhorchen, Herr Freyberg?«
»Sie sprachen von Gemeinsamkeiten ...«, sagte ich.
»Einsamkeit ...«, sagte der Mann, »ich kann Einsamkeit riechen. Und der Junge war einsam, das habe ich gerochen. Ich war auch immer einsam. Ich weiß, wie sich Einsamkeit anfühlt und wie sie riecht. Da habe ich geholfen.«
»Das haben Sie bestimmt richtig gemacht ...«, sagte ich und zündete mir eine Zigarette an.
»Rauchen Sie?«
»Ja, ab und an.«
»Rauchen ist nicht gesund, Herr Freyberg. Aber was rede ich denn da? Das müssen Sie schließlich selber wissen. Meine Mutter ist auch früh gestorben, und sie hat nie geraucht ...«
»Woran ist Ihre Frau Mutter gestorben?«
»Sie ist erschossen worden.«
»Oh ...«, sagte ich.
»Das ist schon sehr lange her, über vierzig Jahre. Es ist übrigens sehr taktvoll von Ihnen, dass Sie nicht fragen, wie es dazu kam. Sehr taktvoll, Herr Freyberg. Denn das dürfte ich Ihnen nicht sagen.« Der Mann gab ein leichtes Schnauben von sich, so wie ein Pferd.
»Bis gestern ging es dem Jungen gut, denn da war er bei mir. Aber dann ist er weggelaufen. Ich weiß nicht, warum. Wirklich nicht. Ich war gut zu ihm. Aber nun weiß ich, er hat seine Lektion nicht gelernt, das habe ich jetzt erst begriffen. Deshalb ist er auch weggelaufen. Deshalb muss ich ihn jetzt suchen. Und, ich werde ihn finden. Sie verstehen, was ich meine, Herr Freyberg?«

»In etwa ja, nur, was meinen Sie mit Lektion?«
»Ach, Herr Freyberg ...«, jetzt lachte der Mann, »... das müssen Sie doch wissen. Das lernt man doch schon als Kind. Ich habe es von meinem Vater gelernt, der sehr spät aus Russland zurückgekehrt ist. Es war übrigens das Einzige, was mir mein Vater vermachen konnte. Er war sehr, sehr krank, und wir waren sehr arm. Wir hatten zu essen durch den Bauern ... das ja, aber ...«, der Mann stockte.
»Was hat Sie Ihr Herr Vater gelehrt?«, wollte ich wissen.
»Mein ›Herr Vater‹, ja das hört sich gut an, das hat er verdient, dass Sie ihn so nennen, Herr Freyberg. Vielen, vielen Dank. Mein Vater war wirklich ein feiner Mann, ja, das war er, ein wirklich feiner Mann. Eigentlich war es nicht nur eine Lehre, die er mir hinterließ, es war sein Vermächtnis an mich ...«, der Mann sprach jetzt so leise, dass ich ihn fast nicht verstehen konnte, »wenn ein Mensch weiß, wo er steht, und wenn ein Mensch weiß, dass es Gutes und Schlechtes gibt, und sich für das Gute entschieden hat, dann kann ihm nichts mehr passieren. Wenn man das alles begriffen hat, dann weiß man auch, warum es gut ist, dass es die Strafe gibt. Die Strafe für die, die keine Ehre im Leib haben und die ihre Lektion nicht lernen wollen, die Strafe für die, die nicht begreifen wollen. Die Strafe ist eine gute Lehre, und wer uns etwas lehrt, der meint es gut mit uns. Auch wenn uns jemand straft, so will er uns doch nur lehren, etwas Bestimmtes nicht mehr zu tun. Strafe ist Liebe. Um jemanden strafen zu können, braucht man ein strenges Herz, und ein gerechtes.«
Während der Mann sprach, hatte ich mein Handy aus der Tasche gezogen und wählte die Nummer des Commissario. Ich wollte, dass er das Gespräch mitbekam. Ich würde ihm sagen, dass er die Klappe halten sollte und würde den Lautsprecher einstellen. Aber der Commissario telefonierte.
»Wenn man darüber nachdenkt ...«, sagte der Mann, »dann wird einem manches klar. Man lehrt die Menschen, manche Dinge nicht zu tun, weil sie schlecht sind. So ist es schlecht, in Unordnung zu leben oder Dinge zu zerstören. Wenn sie es dennoch tun, muss man die Menschen dafür bestrafen. Strafe muss sein. Du bestrafst sie, da-

mit sie lernen, etwas nicht zu tun. Und wenn sie es gelernt haben, dann tun sie es nicht mehr. Das ist doch logisch.
Strafen heißt lehren. So gesehen ist der Tod die höchste Lehre. Töte jemanden und du hast es ihn gelehrt. Nie wieder wird er das tun, was er getan hat.«
Mein Handy klingelte, ich sah auf das Display. Es war der Commissario, er hatte meine Nummer auf seinem Apparat gesehen.
»Was klingelt da?«, fragte der Mann.
»Das ist mein mobiles Telefon ...«, sagte ich.
»Machen Sie es weg ...«, sagte der Mann, »... oder ich lege auf.«
»Ja ...«, sagte ich und nahm den Commissario an. Das Klingeln erstarb.
Ich legte meine Hand fest um die Sprechmuschel, damit mich der Mann nicht hören konnte und zischte ins Handy »Halt die Klappe und hör einfach nur zu ...«. Ich schaltete den Lautsprecher an und hielt den Commissario darüber.
»Ich habe mein Handy ausgemacht, Herr Klaus.«
»Gut ...«, sagte der Mann, »... sonst hätte ich auch nicht mehr weiter mit Ihnen gesprochen. Haben Sie verstanden, was mein Vater mich lehrte?«
»Ja und nein«, sagte ich, »was meinen Sie mit ›Strafen heißt lehren und so gesehen ist der Tod die höchste Lehre. Töte jemanden und du hast es ihn gelehrt. Nie wieder wird er das tun, was er getan hat.‹?«
»Aber das ist doch vollkommen logisch. Ich verstehe nicht, dass Sie das nicht verstehen, Herr Freyberg. Sie sind doch ein Multimillionär, ein hoher Herr und sicherlich sehr gebildet. Der Mensch muss sich entscheiden – entweder für das Gute oder für das Schlechte. Wenn er sich für das Gute entscheidet, dann kann ihm nichts mehr passieren. Ehre, Stolz und Mut sind die wichtigsten Elemente im Leben eines Menschen. Vor allen Dingen dürfen wir keine Angst haben. Wenn wir Angst haben, dann können die Menschen mit uns machen, was sie wollen, und wir müssen immer zurückweichen. Aber man kann nicht immer rückwärts gehen vor Angst. Irgendwann ist da die Wand, und dann geht es nicht mehr weiter. Wir müs-

sen immer vorwärts gehen. Wenn etwas kommt, dann kommt es eben. Aber das Böse ist zu bekämpfen. Der Tod hat ein strenges Herz.«

»Der Tod hat was ...?«

»Der Tod hat ein strenges Herz ...«, sagte der Mann und schnaubte leise.

»Aber was bedeutet das, Herr Klaus? Was bedeutet es, dass der Tod ein strenges Herz hat ...?«

»Haben Sie es nie im Gottesdienst gehört ...?«

»Was ...?«

»Dass der Tod das Maß aller Dinge ist, dass wir sterben müssen, um erlöst zu werden. Dass Gott einen jeden unserer Schritte sieht, und dass er uns richten wird – am Tage des Jüngsten Gerichts. Dass wir verloren sind, so oder so. Wir sind verloren, wollen Sie das denn nicht verstehen? Nur wenn wir erlöst werden, dann ... dann ruhen wir in Frieden und in alle Ewigkeit.«

»Aber warum, warum hat der Tod ein so strenges Herz?«, fragte ich.

»Vielleicht, weil wir es gewagt haben zu leben? Aber das sage ich jetzt nur so, genau weiß ich es natürlich nicht. Mein Vater hat mich gelehrt, dass der Tod ein strenges Herz hat. Ich kann aber nicht mehr zu ihm zurückgehen und ihn fragen, wie er das genau gemeint hat. Er ist schon lange tot. Er hat sich damals erschossen. Damals, als meine Mutter ...«

»Herr Klaus, geben Sie mir die Möglichkeit, Sie zu treffen?«

»Das ist sehr freundlich von Ihnen, Herr Freyberg. Aber dazu ist es zu spät. Viel zu spät.«

»Nein, es ist nicht zu spät, Herr Klaus. Wir Menschen können immer noch sprechen. Zum Sprechen ist es nie zu spät.«

»Es ist, mein Freund, später als du denkst ...«, sagte Herr Klaus.

»Legen Sie bitte nicht auf, Herr Klaus. Ich muss mit Ihnen sprechen ...«

»Wo waren Sie, als ich Sie brauchte, Herr Freyberg?«

»Ich ...«, sagte ich.

»Wo waren Sie, als ich Sie brauchte, Herr Freyberg?«

»Was bedeutet das alles, was Sie sagen, für den kleinen Jungen Klaus Wodarz?«
»Er muss sterben, glaube ich.«
»Sterben ...?«
»Ja, er muss sterben. Wie wir alle. Der eine früher, der andere später. Wie wir alle muss auch dieser Junge sterben.«
»Dieser Junge muss nicht sterben ...«, sagte ich, »der Tod hat, wie Sie selbst sagen, Herr Klaus, ein strenges, aber auch ein gerechtes Herz. Und wenn der Junge stirbt, dann ist das nicht gerecht. Der Tod ist streng, aber er ist eben auch gerecht. ›Einen jeden zu seiner Zeit‹, sagt der Tod. Die Zeit für Klaus Wodarz ist noch lange nicht gekommen. Dieser Junge muss leben, gerade er hat ein Recht darauf zu leben.«
»Nein, nein ...«, sagte der Mann, und seine Stimme war nur noch ein Flüstern, »der Junge darf nicht mehr weiterleben. Er hat kein Recht dazu, glauben Sie mir das. Ich weiß es genau, seine Zeit ist um. Ich war genau so ein Junge wie er, ich kenne mich aus. Ich kenne mich aus. Ich kann ihn erlösen. Ich kann ihn vor einem Leben voller Qualen schützen. Ich kann ihm die wirkliche Freiheit geben und ihn davor retten, ein verwirktes, nutzloses Leben zu leben.«
»Was hat der Junge Ihnen getan, Herr Klaus?«
»Mir getan? Nichts hat er mir getan, Herr Freyberg. Er hat sich selbst etwas angetan.«
»Was, was denn, verflucht noch mal ...?«
»Er ... er hat seine Mutter umgebracht ...«
»Seine Mutter ...?«
»Er hat seinen Vater umgebracht ...«, sagte Herr Klaus.
»Nein ...«, sagte ich, »das hat er nicht, aber Sie sagten eben ...«
»Passen Sie auf sich auf, Herr Freyberg, und hüten Sie sich vor blauem Licht«, sagte der Mann, der sich ›Herr Klaus‹ nannte, und dann war die Leitung tot.

Anna

»Da ist der Mann wieder, der nach dem kleinen Klaus gefragt hat ...«, sagte der Lange zu Anna und Jacob, »... da kommt er. Da, der alte Schlurfer.«

Die drei beobachteten den Mann, der mit gesenktem Kopf und mit langsamen, schlurfenden Schritten auf sie zukam. Der Mann hatte etwas Erschöpftes und Leeres an sich. In seiner rechten Hand hielt er etwas. Als er auf ihrer Höhe war, sprach er sie an.

»Haben Sie gestern oder heute diesen Jungen gesehen?«, fragte er und hielt ihnen ein Foto hin. Als Jacob nach dem Foto greifen wollte, zog der Mann es zurück, überlegte es sich doch anders und reichte es Jacob. Ja, das war der kleine Klaus, und wie der Lange es gesagt hatte, war er im Schlaf fotografiert worden.

»Warum wollen Sie das wissen?« Jacob sah den Mann an, und es schien, als zucke der Mann vor der Frage zurück.

»Ich ... nun ich ...«

»Sind Sie von der Polizei ...?« Jacob gab das Foto an Anna weiter, die es sich nun genau, zusammen mit dem Langen, ansah.

»Nein, nein, ich bin nicht von der Polizei, ich bin ...«

»Schläft der Junge auf dem Foto ...?«, fragte Anna.

»Er tut nur so, so zum Spaß, das hatten wir uns ausgedacht ...«

»Wir ...?«

»Ja, ja wir. Der Junge heißt Klaus. Ich bin sein Onkel, müssen Sie wissen. Er schläft häufiger bei mir, weil ... weil ... wissen Sie, sein Vater, der ... der ... Warum wollen Sie das denn alles wissen? Wollen Sie mir nun helfen oder nicht? Der Junge ist schon mehrmals von zu Hause weggelaufen – weil sein Vater, na, Sie wissen schon, der Vater ist sehr brutal ...«, hier senkte der Mann seine Stimme, »... dann kommt er meistens zu mir. Manchmal übernachtet er auch in dem Abbruchhaus da hinten ...«, der Mann wies zum Haus hinter sich, »... aber meistens ist er wie gesagt bei mir. Nun habe ich von seiner Mutter gehört, dass er wieder weggelaufen ist ... ich mache mir Sorgen.«

»Wissen Sie, das Beste ist, Sie lassen uns das Foto hier, und wir ...«, meinte Anna wie beiläufig.

»Eigentlich ... brauche ich es«, sagte der Mann.

»... hören uns um – unter den Leuten hier«, beendete Anna ihren angefangenen Satz. Dann fügte sie noch an: »... als Onkel haben Sie doch bestimmt noch mehr Fotos? Und morgen geben wir es Ihnen wieder. Wollen wir uns um sechs hier treffen?« Anna ließ das Foto in ihrer Gesäßtasche verschwinden.

»Und wenn wir Erfolg haben, dann können Sie einen Zwanziger springen lassen ... oder?«, sagte der Lange.

»Ja ... nein. Ich meine ja, daran soll es nicht scheitern. Ich wollte ... gut, behalten Sie das Foto ... aber ...«, der Mann versuchte seine zitternden Hände vor ihnen zu verbergen.

»Sie bekommen es unbeschädigt wieder. Darauf können Sie sich verlassen. Wir helfen gern«, sagte Jacob. »Heute Nacht finden Sie ihn hier doch nicht mehr.«

»Gut ... gut ...«, sagte der Mann, »... nur eine Frage noch, bitte. Der Junge erzählte mir, er habe hier Freunde. Anna und Jacob, sagte er jedenfalls. Kennen Sie die?«

»Nie gehört ... ihr?«, fragte Anna.

Der Lange und Jacob schüttelten verneinend die Köpfe. Der Mann ließ den Kopf wieder tiefer sinken.

»Bis morgen dann ...«, sagte der Mann.

»Oder geben Sie mir Ihre Telefonnummer, und wir rufen Sie an, falls ...«, schlug Anna ihm vor.

»Nein, nein ... ich komme vorbei. Vielen Dank.« Der Mann musterte die drei und setzte sich dann in Richtung Hauptbahnhof in Bewegung.

»Der lügt wie gedruckt ...«, sagte Jacob.

»Ich rufe diesen Freyberg jetzt an ...«, sagte Anna.
»Ich verfolge den Kerl, ich will wissen, wo der hingeht.«
»Das ist eine gute Idee, rauszukriegen, wo er wohnt ...«, meinte Anna.
»Leute, macht nicht so'n Aufstand. Der kommt doch morgen wieder ...«
»Glaubst du ...«, sagte Jacob und setzte sich mit Anna in Bewegung. Der Mann ging zur U-Bahn Station und dort zum Gleis Richtung Wandsbek.
»Bis später ...«, sagte Jacob und gab Anna einen Kuss.
»Ich rufe diesen Freyberg an und erzähle ihm alles«, rief Anna ihm im Umdrehen noch zu.

Der Mann

Schon auf dem Bahnsteig war Klaus Bremer überzeugt davon, dass ihn die drei jungen Leute angelogen hatten. Aber warum? Vor allen Dingen, dass das Mädchen das Foto behalten hatte, gefiel ihm nicht. Nur hätte er sich doch erst recht verdächtig gemacht, wenn er es zurückgefordert hätte. Oder waren sie vielleicht doch nur auf etwas Geld aus?
Das Zittern seiner Hände hatte nachgelassen. Eine Gruppe Jugendlicher unterhielt sich ziemlich laut. Jeder von ihnen hatte eine Flasche Bier in der Hand. Bestimmt waren die Kinovorstellungen zu Ende, oder irgendein Konzert. Waren die U-Bahnen jetzt abends immer so voll? In den letzten Jahren war er eigentlich wenig in der Stadt gewesen. Alles, was er brauchte, bekam er in seiner Gegend.
Am Wandsbeker Markt stieg er aus. Langsam ging er die stillen Seitenstraßen in Richtung seines Hauses. Es war ein Fehler gewesen, dass er der Frau und den beiden Männern das Foto überlassen hatte. Jetzt konnte man ihn mit dem Jungen in Verbindung bringen. Nein, er würde morgen ganz bestimmt nicht zu dem vereinbarten Treffen gehen. Ein viel zu hohes Risiko wäre das.

Fingerabdrücke. Mein Gott. Das Foto war bestimmt voller Fingerabdrücke von ihm. Er musste doch zu dem Treffen. Angst überfiel ihn. Jetzt hatten sie eine Möglichkeit, ihn zu entdecken. Er musste das Foto wieder haben. Sollte er nicht besser gleich zurückfahren? Wenn die Polizei das Foto in die Hände bekam, wie lange würden sie brauchen, bis sie herausbekamen, dass die Fingerabdrücke identisch waren mit einigen Abdrücken in der Wodarz'schen Wohnung. Oder an der Tasche? Die Tasche. Natürlich hatte er versucht, im Badezimmer Spuren zu verwischen. Aber er hatte die Tasche nicht abgewischt. Die hätte er doch sowieso mitgenommen. Aber dann doch vergessen.

Die jungen Leute konnten bestimmt eine ganz gute Beschreibung seiner Person abgeben.

Klaus Bremer fühlte sich, als wäre er in einem Raum, dessen Wände langsam auf ihn zukamen. Schwere Fehler hatte er gemacht, er hatte einfach nicht nachgedacht. Mit einem Foto durch die Gegend zu laufen und nach einem Jungen zu fragen. Einem Jungen, der auch noch zu schlafen schien. War er denn verrückt gewesen? Die halten mich doch für einen Kinderschänder. Diese jungen Leute waren eine Bedrohung. Ihm war klar, nun musste er ganz ruhig überlegen, wie er da wieder rauskam. Vielleicht musste man ihnen mehr geben als nur einen Zwanziger. Vielleicht? Hoffentlich.

Klaus Bremer stieg die drei Stufen zum Hauseingang hoch. In diesem Moment wurde ihm bewusst, dass er Schritte hinter sich gehört hatte. Aber er war zu sehr mit seinen Gedanken beschäftigt. Aber er hatte Schritte gehört, nur jetzt ging niemand vorbei. Er tat so, als suche er seine Schlüssel und riskierte einen Blick über seine Schulter. Doch er sah niemanden. Hatte er sich alles nur eingebildet? Klaus Bremer öffnete seine Haustür, ging hinein und schloss die Tür. Er schaltete das Flurlicht ein und ging in den kleinen Abstellraum, um durch das kleine Fenster zu spähen.

Klaus Bremer mahnte sich zur Geduld. Niemand konnte sehen, dass er in dem kleinen Raum stand und den Eingangsbereich beobachtete. Er zog seine Jacke aus und ließ sie zu Boden gleiten.

Er hatte keine Ahnung, wie lange er die Straße beobachtet hatte, als sich hinter der Buchsbaumhecke, die sein Grundstück vom Fußweg trennte, eine Gestalt vorschob. Im Licht der Straßenlaterne erkannte er einen der jungen Männer. Er war ihm gefolgt.
Ganz vorsichtig öffnete der junge Mann die Gartenpforte und kam den Stufen näher.
Er wollte sehen, wie der Mensch hieß, der in diesem Haus wohnte. Klaus Bremer meinte, das Geräusch von Schritten auf seinen Stufen zu hören. Ganz leise. Klaus Bremer ging in die Küche, er machte kein Licht. Wo das große Messer lag, wusste er auch so. Leise öffnete er die Tür im Wintergarten und schlich nach links um sein eigenes Haus. Als er vorsichtig um die Ecke sah, erkannte er, dass der junge Mann an der anderen Ecke stand und in den Garten hineinwollte. Als er verschwunden war, schlich sich Klaus Bremer schnell vor.
Der Mann stand mit dem Rücken zu ihm und starrte in den dunklen Garten. Was überlegte er noch? Ob er sich noch weiter in das Grundstück hineinwagen sollte?
Und dann war Klaus Bremer hinter ihm, seine linke Hand legte sich wie ein Band aus Stahl um den Mund des Mannes und verschloss ihn, und im gleichen Moment stieß das Messer, mit der rechten Hand geführt, in den Rücken des Mannes. Wurde herausgezogen und zertrennte wieder das Fleisch, traf und traf und traf und zerstörte.

Jacob

Das Gesicht des Mannes, der nun auf Jacobs Brust hockte wie ein schwerer Fels und ihm immer noch den Mund zuhielt, verschwamm langsam. Es wurde unkenntlich.
Ich sterbe jetzt, dachte Jacob. Wenn der Mann ihm doch nur noch einen letzten Atemzug gönnen würde. Jacob hatte schon längst keine Kraft mehr zum Schreien.
Nur noch einen Atemzug oder zwei. Einem zum Tode Verurteilten

wurde doch auch am Abend vor der Hinrichtung eine letzte Mahlzeit nach Wunsch gewährt. Er wünschte sich aber kein Essen mehr. Er wünschte sich doch nur noch einen Atemzug. Einen sehr langen Atemzug.

Jetzt hat dieser Mann Hände wie ich, dachte Jacob. Ja, die hatte er nun, und der Mann würde mit ihnen leben müssen. Wie war das noch gewesen in der Wohnung der Eltern von Klaus Wodarz?

Jacob hatte den Vater von Klaus zur Rede stellen wollen, hatte ihm gedroht, zum Jugendamt zu gehen, hatte ihm gesagt, dass er ihn anzeigen würde.

Alles war auf einmal wieder so schrecklich nah. Als der kleine Klaus ihm die Spuren gezeigt hatte, die die Prügel seines Vaters auf seinem Körper hinterlassen hatten, da sah Jacob in die Fratze seiner unterdrückten Erinnerungen. Mächtig erhoben sie sich jetzt über ihn, waren wieder da und überwältigten ihn.

Der verzerrte Mund seines Vaters, wenn er zu viel getrunken hatte und gleich mit dem Prügeln beginnen würde. Die Flapflap-Geräusche, die entstehen, wenn Fäuste auf menschliches Fleisch treffen. Das Wimmern seiner Mutter, wenn sich sein Vater ruhig geprügelt hatte.

Jacob sah sich selbst unter dem Küchentisch sitzen, sich die Ohren zuhaltend. Aber das nutzte nichts, das Flapflap der Schläge fand den Weg bis in seine Ohren. So fest er auch presste.

Und natürlich fand auch das »... komm unter dem Tisch vor, Jacob« den Weg dorthin.

Zuerst war das Gespräch noch einigermaßen ruhig verlaufen, aber dann verzerrte sich das Gesicht des Mannes.

»Du bist doch gar nicht wegen Klaus hier, den kennst du doch überhaupt nicht. Du lügst doch. Du willst meine Frau vögeln oder vögelst du sie schon längst? Und ich weiß nur nichts davon, na komm, kotz' dich aus, Drecksau.«

Jacob war es zuerst nicht schwer gefallen, sich zu beherrschen. Und er versuchte, dem Mann nochmals zu sagen, warum er hier war. Er beschrieb dem Mann genau, wohin er seinen eigenen Sohn geschlagen hatte. Aber der Mann war schon zu betrunken, um einem vernünftigen Wort zugänglich zu sein. Und bestimmt erinnerte er sich überhaupt nicht mehr daran, wohin überall er den Jungen geschlagen hatte. Stattdessen wurde er immer unflätiger.

»Ich schlage nicht und selbst wenn, ginge dich das einen gepflegten Scheißdreck an, du blöder Arsch. Wer glaubst du denn, wer du bist? Kommst hier einfach her und laberst Kacke. Ich kann hier machen, was ich will, verstehst du das, du blöder Wichser.«

Auf einmal saß auf diesem Stuhl nicht der Vater von Klaus, nein, sein eigener Vater saß da. Sein Vater, der sich totgesoffen hatte, bevor Jacob ihn umbringen konnte. Sein Vater, der seine Mutter auf dem linken Ohr taub geschlagen hatte. Sein Vater, der ihm seine ganze Kindheit und Jugend genommen hatte. Eiskalte Wut kroch in Jacob hoch, als er diesen verzerrten Mund sah, diesen widerlichen, verzerrten Mund. Und dann hatte sich Klaus' Vater, nein, sein Vater hatte sich vorgebeugt und ihm mit der flachen Hand ins Gesicht geschlagen. Warum nur hatte auf dem Tisch ein Hammer gelegen? Zweimal hatte Jacob zugeschlagen. Das hatte genügt. Der Mann rutschte von seinem Stuhl, riss ihn mit und lag leise röchelnd auf dem Boden.

In der U-Bahn starrte er den ganzen Weg zurück auf seine Hände. Er drehte sie, legte sie auf seine Knie, versteckte sie in seinen Taschen oder unter seinen Oberschenkeln, und zog sie doch immer wieder hervor, nur um sie wieder anzustarren, sie zu drehen, sie auf seine Knie zu legen, sie in seinen Taschen zu verstecken oder unter seinen Oberschenkeln.

Das sind die Hände eines Mörders, dachte er. Du bist jetzt ein Mörder, Jacob. Du bist ein Mörder.

Er hatte Anna nichts davon erzählt, dass er zu dem Vater vom kleinen Klaus fahren wollte, um ihn zur Rede zu stellen. Sie hätte ihn bestimmt zurückgehalten. Also hatte er ihr nichts gesagt, sondern es einfach getan. Auch als er zurückkam, hatte er ihr nichts gesagt. Anna hatte mit den anderen zusammengesessen, es herrschte eine ausgelassene Stimmung. Sie hatten Bier, und einige Tüten kreisten.

Still hatte er sich dazugesetzt, hatte sich ein Bier genommen und zugehört. Er hatte auch bei einigen Witzen gelacht. Aber schweigsam war er gewesen.
Später, als sie sich hinlegten, hatte Anna ihn angesehen und war ihm über das Haar gefahren und hatte seine Wange gestreichelt. So wie sie es immer tat.
»Warum hast du den ganzen Abend deine Hände angestarrt, Jacob?«, hatte sie gefragt.
»Hab ich das ...?«, hatte er geantwortet und mit den Schultern gezuckt.
»Ja, hast du.«
»Weiß nicht, ist mir nicht aufgefallen, Anna.«
»Machst du doch sonst auch nicht ...«, hatte sie noch gesagt, bevor sie einschlief.
Auch am nächsten Tag hatte er ihr nichts gesagt. Aber er hatte gespürt, wie sie ihn beobachtete, und dadurch erst bemerkte er, wie häufig er seine Hände anstarrte.
Aber dann, an dem Tag, als es in der Zeitung stand, da konnte er nicht länger schweigen.
Anna hatte aus einem Papierkorb eine Zeitung gezogen und, nachdem sie sich eine Zigarette gedreht und angezündet hatte, begonnen die Zeitung zu lesen. Anna las gern Zeitung. Jeden Tag war es eine heilige Handlung, so lange zu suchen, bis sie in einem der Papierkörbe eine Tageszeitung fand.
»Oh Gott ...«, sagte sie und kam hinter der Zeitung hervor, »der Vater vom kleinen Klaus ist umgebracht worden.«
Jacob hatte die ganze Zeit schon daran gedacht, wann es wohl in der Zeitung stehen würde. Und noch eine andere Angst hatte sich entwickelt, die Angst davor, dem kleinen Klaus in die Augen sehen zu müssen, wenn er wieder einmal kommen würde, um sich zu verkriechen. Obwohl er das nun nicht mehr nötig hatte.
»Quatsch ...«, hatte Jacob gesagt und »zeig mal.«
Dann hatte er den Artikel überflogen, aber kaum hatte er eine Zeile gelesen, hatte er sie auch schon wieder vergessen. Und er musste sie

wieder lesen. Wonach hatte er gesucht? Nach seinem Namen? Nach einem Fehler? Nach einer Spur, die direkt zu ihm führen würde? Nein, die Polizei tappte noch im Dunkeln.
»Gib wieder her, oder lernst du das auswendig ...?«, hatte Anna gesagt.
Also hatte er ihr die Zeitung wiedergegeben und mit dem Langen ein Gespräch begonnen. Zum Glück redete der Lange gern.
Die Kraft aber, nichts zu sagen, hielt nur bis zur Nacht. Sie saßen im obersten Stockwerk, ihre Beine baumelten über dem Abgrund. Die Nacht war klar und warm, und ihre Lichter strahlten einen eigentümlichen Reiz aus.
»Ich habe den Vater von Klaus erschlagen ...«, sagte er und erzählte Anna die ganze Geschichte. Sie unterbrach ihn nicht, stellte keine einzige Frage, sondern hörte einfach nur zu. Aber sie hatte nach Jacobs Händen gegriffen und sie die ganze Zeit über, während er erzählte, gestreichelt. Einige Zeit, nachdem er geendet hatte und schwieg, sah sie ihn an.
»Du hast gute Hände, Jacob«, hatte sie gesagt und ihn geküsst, »es sind die liebsten Hände, die ich je kennen gelernt habe.«
Da hatte er gespürt, dass er angefangen hatte zu weinen.
Jacob wurde kalt, so kalt, wie es ihm im Leben noch nie gewesen war.

Tag Sieben:
Freitag

Einundzwanzig

Der Freitag begann belanglos. Ganz wie man es sehen wollte. Finder hatte nachgekartet, aber das Telefon schwieg trotzdem, zumindest bis neun Uhr. Ich kam gerade unter der Dusche hervor, hatte mir das Badehandtuch um die Hüften geschlungen, als das Telefon klingelte. Tropfnass ging ich ins Wohnzimmer.

»Herr Freyberg?« Ich erkannte die Stimme von Anna sofort.

»Ja ...«

»Jacob ist nicht zurückgekommen ...«

»Was ...?«

»Jacob ist nicht zurückgekommen. Er ist in die U-Bahn gestiegen, um den Mann zu beobachten. So wie ich es Ihnen erzählt habe. Da ist etwas passiert ...«, ihre Stimme überschlug sich, »da ist etwas passiert. Er ist bis jetzt nicht zurückgekommen. Was soll ich tun ...? Können wir überhaupt etwas tun?«

»Scheiße ...«, sagte ich.

Ich hörte, wie das Mädchen anfing zu weinen.

»Anna, kann es nicht sein, dass Jacob irgendwo anders hingegangen sein könnte?«

»Nein ...«

»Sie sind sich da ganz sicher?«

»Ja, ja ... da ist etwas passiert!«

»Und dieser Mann, den der alte Mann zuerst angesprochen hat?«

»Der Lange ...?«, schluchzte Anna.

»Ja – der Lange. Auch bei dem kann Jacob nicht sein?«

»Der Lange steht neben mir ...«, heulte Anna.

»Scheiße ... war er bei der Polizei wegen der Personenbeschreibung?«

»Ja, natürlich.«
»Wir können jetzt nichts machen. Ich werde mit einem Freund von mir, der mit dem Fall zu tun hat, sprechen. Er ist von der Polizei. Rufen Sie mich bitte wieder an, so in zwei Stunden. Und es wäre gut, wenn Sie wegen der Personenbeschreibung auch noch einmal zur Polizei gingen. Vielleicht können Sie das Bild im wahrsten Sinne des Wortes noch verbessern. Ich werde meinen Freund bitten, alles Entsprechende in die Wege zu leiten. Und geben Sie unbedingt das Polaroidfoto bei der Polizei ab. Fassen Sie es wenig und nur mit spitzen Fingern an.«
Als ich die Nummer des Commissario wählte, und er tatsächlich den Hörer abnahm, war ich schon luftgetrocknet. Ich erzählte ihm, was sich getan hatte.
»So, der hat den Mann verfolgt?«
»Ja«, sagte ich.
»Was sollen wir tun? Der junge Mann kann überall und nirgends sein. Zwischen Hauptbahnhof und Wandsbek sind zig Haltestellen. Die können weiß Gott wo ausgestiegen sein. Wir können nicht ganz Hamburg absuchen lassen. Wir müssen warten. Oder hast du eine Eingebung, Philipp?«
»Nein ... leider nein. Ich hätte so furchtbar gern eine ...«
»Du sagtest vorhin, dieser seltsame Mann, der die drei angesprochen hat, wäre wie durch den Wind gewesen?«
»Nicht nur das, die drei hatten den Eindruck, dass der Mann sie anlog. Über alles, über sein angebliches Familienverhältnis zu dem Jungen, warum der Junge sich auf dem Foto angeblich schlafend gestellt hatte, dass der Junge häufiger, wenn der besoffene Vater ausrastete und ihn und seine Mutter schlug, bei ihm, dem Onkel, Schutz suchte und übernachtete. Der ganze Auftritt des Mannes war befremdlich. Der Junge, sagte diese Anna, hätte nie von einem Onkel erzählt, bei dem er ab und an übernachten würde. Das hätte er ihnen bestimmt erzählt. Also alles erlogen.«
»Du hast dem Mädchen gesagt, dass sie das Polaroid zur Polizei bringen soll?«

»Ja.«
»Ruf mich an, wenn sich etwas Neues ergibt. Ich halte dich auf dem Laufenden.«
»Noch etwas Reinhart ...«, sagte ich, »dieser ›Herr Klaus‹, der mich angerufen hat. Dieser seltsame Anruf gestern ...«
»Ja ...«
»Der hat doch so verwirrt erzählt. Von seiner erschossenen Mutter, von seinem Vater, der sich erschossen hat. Total wirres Gerede. Ob der vielleicht mit dem Mann, der nach dem Jungen sucht, identisch ist?«
»Daran knuspere ich auch schon herum ...«, sagte der Commissario.
»Müsste ein solcher Fall nicht irgendwie noch aktenkundig sein? Eine erschossene Frau, ein Mann, der sich selbst gerichtet hat. Nehmen wir einmal an, es hat eine solche Geschichte gegeben. Nur mal angenommen. Was ist dann aus dem Kind geworden, wiederum angenommen, sie hatten eins?«
»Ein ›Herr Klaus‹ ...?«, rätselte Reinhart.
»Vielleicht ...«
»Wie sollen wir etwas finden, es muss ja, selbst wenn an der Geschichte etwas dran ist, nicht in Hamburg passiert sein.«
»Über vierzig Jahre ist es her, hat ›Herr Klaus‹ gesagt ...«
»Was soll ich in den Computer eingeben ...«, sinnierte der Commissario vorsichtig, »oder welche Stichworte soll ich dem Mann, den ich ins Archiv schicke, auf den Merkzettel schreiben, damit er dort unten nicht verloren geht?«
»Warum ruft ein Mensch an und erzählt eine solche Geschichte?«
»Das ist eine sehr gute Frage ...«, meinte der Commissario.
Ich wollte zurück ins Bad, aber es klingelte an der Tür. Ich drückte auf den Summer, lief ins Bad, warf mir einen Bademantel über und wartete, wen der Fahrstuhl wohl bringen würde.
Es war Marlene Wodarz, die mir bei der Annahme der Telefonate helfen wollte.

Der Mann

Klaus Bremer saß in der Hütte, in die er den Jungen eingesperrt hatte. Jetzt saß er auf der Matratze. Er hatte lange mit den Stimmen gesprochen, hatte versucht, ihnen zu erklären, wie alles gekommen war.

Ja, er hatte den jungen Mann erstochen, denn es war doch klar, dass der dabei war, Böses über ihn zu verbreiten. Der Mann war ruhig gestorben. Klaus Bremer hatte es genau gesehen. Er hatte den Toten unter den Busch gerollt, diesen dichten Busch, den man von der Straße nicht einsehen konnte, und der so dicht war, dass der tote Körper dort gut verborgen war.

Natürlich musste sich Klaus Bremer etwas überlegen, er konnte den Toten nicht ewig dort liegen lassen. Aber er traute sich nicht, jetzt einen Spaten zu nehmen, um den jungen Mann zu verscharren. Ihm würde schon etwas einfallen.

Als er im Haus war, um sich zu säubern, da wurde ihm unwohl bei dem Gedanken, die Nacht im Haus zu verbringen, wo draußen im Garten ein Toter lag. Die Gefahr entdeckt zu werden, war viel zu groß. Wie konnte er auch nur erwägen, sich in eine derart gefährliche Situation zu begeben? Nicht auszudenken, was geschehen würde, wenn ein später Spaziergänger, der seinen Hund zur Nacht ausführte, den Toten ...

Klaus Bremer konnte diesen Gedanken nicht zu Ende denken. Nein, er musste die Nacht woanders verbringen. Das war sicherer. Da fiel ihm die Gartenhütte ein.

Die Stimmen waren grausam gewesen und höhnisch. Sie hatten ihn gepackt und geschüttelt. Er hatte geheult, aber sie hatten kein Erbarmen mit ihm gehabt. Er hatte versucht, mit ihnen gütlich zu

sprechen. Aber, nein, sie machten ihn unruhig. Er musste aufspringen, so sehr bedrängten sie ihn. Er musste in dem kleinen Raum auf und ab rennen, so sehr rückten sie ihm auf den Leib. Klaus Bremer musste sogar nach ihnen schlagen, so sehr umschwirrten sie ihn. Sie trieben ihn vor sich her. Seinen Kopf musste er schützen.
Undenkbar war es, ruhig auf der Matratze zu sitzen, als alle auf ihn einhackten. Er versuchte ihnen alles zu erklären, aber sie verstanden ihn nicht. Es dauerte lange, bis die Stimmen sich beruhigten, bis sie endlich stumm waren. Sie hatten ihn erschöpft. Klaus Bremer war allein.
Später hatte er sich wieder auf die Matratze gesetzt, hatte die Arme um sich gelegt und sich in den eigenen Armen gewiegt, so wie es eine Mutter mit ihrem Kind tat, das nicht schlafen wollte. Vor und zurück, vor und zurück. Er war sich selbst Mutter. Er war sich selbst Kind. Er war Mutter und Kind zugleich. Und doch war er mutterseelenallein. Um sich zu beruhigen, steckte er sich den Daumen in den Mund und lutschte an ihm. Er hatte er als Kind lange gemacht. Das hatte tatsächlich gewirkt. Sein Daumen schmeckte vertraut. Vertraute Gerüche stiegen auf.
Er hatte sich in den Schlaf geweint.
Es war heller Tag, als er erwachte. Aber das Licht des Tages und die Wärme der Sonne erfreuten und wärmten ihn nicht. Zu unruhig war sein Herz.
Er wusste, er musste hinaus und den Jungen finden. Er musste hinaus und den Mann vergraben. So viel gäbe es zu tun, und er fühlte sich so müde.
Klaus Bremer saß in der Hütte, in die er den Jungen eingesperrt hatte, und aus der der Junge geflohen war. Hatte damit alles begonnen? Oder hatte es an jenem Tag begonnen, als er den Jungen angesprochen und mit nach Hause genommen hatte? Oder hatte alles vielleicht schon viel früher begonnen?
Er hatte dem Jungen doch nur helfen wollen, dem Jungen, der so einsam war, dass er, Klaus Bremer, es riechen konnte. Wer wusste mehr über kleine Jungen, die beschützt werden mussten, als er? Nie-

mand war da gewesen, um ihn zu schützen. Damals, als die Sommer heiß waren, die Wege staubig und in der Luft ein Geruch von Öl lag. Damals, als er es das erste Mal erlebte, dass sich die Welt in blaues Licht hüllen konnte.

Lange hatte er mit den Stimmen gesprochen, hatte versucht, ihnen zu erklären, wie alles gekommen war. Und wusste es doch selber nicht.

Zweiundzwanzig

Marlene Wodarz und ich saßen schweigend auf meiner Terrasse und tranken Kaffee. Es hatte nur noch vereinzelte Anrufer gegeben, die wir an die Polizei verwiesen. Zwar hatte Finder mit einigen Anzüglichkeiten nachgekartet, aber er hatte meine Telefonnummer nicht wieder abgedruckt. Und der Fall war auch nicht mehr der Aufmacher. Wir rangierten mit einem kleinen ›Teaser‹ auf der Titelseite unten, und dann ging's weiter auf Seite vier.

So schnell ging das, so schnell war etwas vergessen. Die nächste Sau wurde durch das Dorf gehetzt.

Anna hatte angerufen, um zu sagen, dass Jacob noch immer nicht aufgetaucht war. Danach hatte ich kurz mit Dorothea gesprochen und ihr berichtet, was in der Zwischenzeit alles geschehen war. In ihrer Praxis war Pause, und ich war sehr froh, ihre Stimme hören zu können.

»Ich würde jetzt gern mit dir irgendwo in der Sonne sitzen und zu Mittag essen, einen guten Wein vor uns, und nichts denken ...«, hatte ich gesagt.

»Wir machen das schon ... später ...«, hatte Dorothea geantwortet, und es war mir, als sähe ich ihr Lächeln durch das Telefon, »aber erst einmal musst du doch die Welt retten.«

Marlene Wodarz begann zu weinen. Aus ihrer Jackentasche zog sie ein Taschentuch und putzte sich die Nase.

»Das ist zu lange ... das ist viel zu lange. Ich halte diese Ungewissheit nicht mehr aus. Irgendwo muss der Junge doch sein ... er kann doch nicht spurlos verschwinden ...«, sagte sie. Ihr Weinen wurde heftiger.

Ich beugte mich vor und legte eine Hand auf ihren Arm.

»Es wird schon werden, Marlene.«

»Ich habe solche Angst ... solche furchtbare Angst.«
Das Telefon klingelte. Ich stand auf und entfernte mich etwas, weil ich nicht wollte, dass Marlene Wodarz in diesem Moment gestört wurde.
»Wir haben den Jungen. Er lebt, ein wenig verstört, wen wundert es, aber es soll ihm ganz gut gehen ...«
»Wo habt ihr ...«
»Eine Streife hat ihn auf dem Fischmarktgelände gesehen, erkannt und einkassiert ...«
Marlene Wodarz hatte gespürt, dass etwas im Gange war, sie hatte den Kopf gedreht und sah mich an.
»Marlene, Ihr Sohn lebt, er ist in Sicherheit ...«, sagte ich.
Sie erhob sich vom Stuhl, und für einen Moment schien es, als schwankte sie und drohte hinzufallen.
»Was ... was ist?«, fragte sie und kam auf mich zu.
»Mit wem sprichst du ...?«, fragte Reinhart Reuther.
»Mit Marlene Wodarz ...«
»Was, was ist mit Klaus ...?« Marlene Wodarz griff meinen Arm.
»Ihrem Sohn geht es gut ..., die Polizei hat ihn gefunden.«
»Frau Wodarz suche ich gerade, ich konnte sie nicht erreichen. Der Junge wird gerade von den Kollegen zum Präsidium gebracht ...«
»Einen Moment mal, Commissario ...«, sagte ich, weil Marlene Wodarz an meinem Arm zog.
»Marlene, die Polizei hat Ihren Sohn auf dem Fischmarktgelände gefunden, es geht ihm, wie man so schön sagt, den Umständen entsprechend. Er ist nicht verletzt. Die Polizisten, die ihn entdeckt haben, sind mit ihm auf dem Weg ins Polizeipräsidium ...«
Marlene Wodarz sah mich mit großen Augen an, ihre Lippen bewegten sich. Aber es war nichts zu hören. Die Lippen formten Worte, Worte, die wohl nur sie verstehen konnte. Dann umarmte und küsste mich die Frau, die ich vor einigen Tagen kennen gelernt hatte, als sie angetrunken an einer Bushaltestelle stand.
»Dann kommt mal ins Präsidium ...«, hörte ich den Commissario sagen.

Dreiundzwanzig

Der Junge saß die ganze Zeit auf dem Schoß seiner Mutter. Er hatte die Arme um seine Mutter geschlungen, und Marlene Wodarz ihre Arme um ihren Sohn.

Der Polizist Wagner, der seinerzeit mit dem Commissario in meiner Wohnung gewesen war, hatte mich schon angestrahlt, als Marlene Wodarz und ich das Zimmer des Commissario betraten. Kurz darauf hatte er die erste Zigarette von mir geschnorrt.

»Kannst du uns das Haus des Mannes zeigen, Klaus, das Haus, in dem du warst? Und später auch die Hütte?«, fragte der Commissario.

Und der Junge hatte genickt.

Der Commissario ließ Wagner etwas weiter weg vor dem kleinen Haus in der Wielandstraße parken.

»Sie bleiben mit Ihrem Sohn im Wagen. Wagner, Sie schleichen in den Garten. Ich gehe zum Eingang und klingele. Philipp, dich darf ich nicht mitnehmen. Du kannst dich meinetwegen an die Hecke stellen, aber so, dass dich niemand sehen kann. Auf denn, Wagner ...«, sagte Reinhart und öffnete die Wagentür.

Niemand öffnete auf sein Klingeln hin, Reinhart versuchte, durch die Fenster zu schauen, aber offensichtlich gab es nichts zu sehen. Nachdenklich ging er die drei Stufen hinunter, sah sich um, gab mir ein Zeichen, was mir wohl sagen sollte, dass ich dort stehen bleiben sollte, wo ich stand. Ich nickte, doch als Reinhart in Richtung Garten verschwand, folgte ich ihm.

»Irgendetwas gesehen, Wagner ...?«, hörte ich ihn sagen.

»Nein, bis jetzt noch nicht. Scheint niemand im Haus zu sein.«

»Ach Philipp ...«, sagte Reinhart, als er mich sah.

»Was ist das denn hier ...?«, meinte Wagner, »... ist das Blut?«
»Jetzt ganz vorsichtig, dass wir keine Spuren zerstören ...«, sagte Reinhart, »Wagner, rufen Sie die Kollegen von der Spurensicherung an, sie sollen ganz schnell herkommen. Du, Philipp, sag doch bitte Frau Wodarz und ihrem Sohn, dass es noch ein bisschen dauert. Oder besser, ruf ein Taxi, das sie nach Hause bringt. Wir melden uns später bei ihnen. Und wenn du mir einen großen Gefallen tun willst, Philipp, bleib vorne am Haus und beobachte die Straße. Vielleicht haben wir ja Glück, und der Mann taucht auf.«
Aber der Mann fand nicht den Weg zu seinem Haus, dafür fand Reinhart unter einem Busch eine Taschenlampe und einen Toten.
Und ich wusste, dass es Jacob war.
Ja, es war Annas Freund, Jacob. Jacob Hässler hieß er, so stand es in seinem Personalausweis, den man kurz darauf bei ihm fand.
»Und nun ...?«, fragte ich.
»Nun haben wir einen zweiten Toten. Erst den Vater und nun den Freund von Klaus Wodarz. Jetzt müssen wir sehen, was das miteinander zu tun hat ...«, sagte der Commissario und sah mich an.
»Wir müssen es dem Mädchen sagen ...«, sagte ich.
»Halt ... halt ...«, sagte Reinhart, »... natürlich müssen wir es ihr sagen. Aber ich will erst noch mehr wissen. Der Mann ist jetzt auf dem Weg zum Leichenschauhaus. Der Arzt hat gesagt, es sind mindestens siebzehn Einstiche im Rücken von Jacob Hässler. Der Täter muss wie von Sinnen auf ihn eingestochen haben. Vollkommen von Sinnen.«
»Ich habe Angst, Anna zu sagen, dass ihr Freund tot ist ...«, sagte ich.
»Ja ...«, sagte Reinhart, »... du weißt noch gar nicht, wie der Mann heißt, der in diesem Haus wohnt, oder Philipp?«
»Wie ...«, verwirrt sah ich den Commissario an, denn meine Gedanken waren bei Anna und dem, was ihr bevorstand.
»Klaus Bremer ...«, sagte Reinhart, »der Mann, der in diesem Haus wohnt, in dem Klaus Wodarz für einige Tage lebte und in dessen Garten wir einen Toten gefunden haben, heißt Klaus Bremer. Betonung auf Klaus.«

Vierundzwanzig

Reinhart hatte mich mit zum Präsidium genommen, weil dort mein Wagen stand. Wir hatten auf der Rückfahrt wenig gesprochen. Wagner rauchte mit Begeisterung eine meiner Zigaretten.
»Ich melde mich, sobald ich etwas weiß ...«, sagte Reinhart, als wir uns verabschiedeten, »und lass uns gemeinsam zu dem Mädchen fahren. Hörst du.«
Ich nickte und stieg in meinen Wagen. Im Rückspiegel sah ich, wie Reinhart mir nachsah und einige Worte mit Wagner wechselte.
Nun saß ich auf meiner Terrasse und starrte in den beginnenden Abend. Einige der Bewohner der angrenzenden Häuser saßen auch auf ihren Balkonen, unterhielten sich, aßen etwas oder starrten auch nur in den Abend. Eine ältere Dame machte Freiluftübungen auf ihrem Balkon. Vielleicht sollte ich auch einmal ein bisschen Sport treiben, oder mich wenigstens ein wenig bewegen. Wenigstens ein bisschen. Ich zündete mir eine Zigarette an.
Bei Marlene Wodarz hatte ich mich noch nicht gemeldet. Ich würde früh genug erfahren, was alles geschehen war, was Klaus Wodarz von seinem Aufenthalt im Haus dieses Mannes zu erzählen hatte.
Was für eine seltsame Geschichte. Ich dachte an ihren Beginn, und wie sie sich entwickelt hatte. Dass dieser Jacob tot war, machte mich traurig. Richtig traurig. Ich hatte ihn nicht gekannt, aber dennoch schien er mir vertraut. Nun war er durch diese Geschichte in etwas hineingeraten, das größer war als er, das ihn das Leben gekostet hatte. Wie furchtbar. Was war das für ein Leben gewesen, das dieser junge Mann gelebt hatte und das nun zu Ende war. So lustig konnte es nicht gewesen sein, wenn er schon in so jungen Jahren auf der Straße lebte.

Und jetzt war er tot. Ich stand auf und holte mir noch einen Becher Kaffee.
Und Anna? Sie würde darüber hinwegkommen, wie man so schön sagte. Ja, und? Aber warum kam es für manche Menschen so knüppeldicke?
Die Dame gegenüber hatte ihre Übungen eingestellt und verschwand in ihrer Wohnung. Es roch, als grille jemand in der unmittelbaren Nachbarschaft. Ich stand auf, schaute über die Brüstung, konnte aber nichts entdecken. Mir fiel ein, dass ich den ganzen Tag über noch nichts gegessen hatte. Aber ich hatte noch immer keinen Hunger. Der Kaffee und die Zigaretten hatten meinen Herzschlag ein bisschen beschleunigt. Aber nur ein bisschen.
War Klaus Bremer der ›Herr Klaus‹, der mich angerufen und mich in dieses seltsame, unheimliche Gespräch verwickelt hatte? Konnte das alles Zufall sein?
Alex kam mir wieder in den Sinn. Ich musste Marlene Wodarz unbedingt nach diesem Mann fragen. Ja, musste ich das wirklich? Nein, das musste ich nicht. Das war die Aufgabe der Polizei und nicht meine, schließlich war ich kein Detektiv, der in anderer Leute Leben rumschnüffelte. Es stand mir nicht zu, Marlene Wodarz danach zu fragen. Außerdem ging es mich überhaupt nichts an, in welchem Verhältnis sie zu diesem Alex stand. Aber ein bisschen sah es doch so aus, als ob sie sich besser als gut kannten, dachte ich und musste lächeln. Dieser Alex klang eifersüchtig, als er mich ›Und wer sind Sie ...?‹ fragte.
Das alles ging mich nichts an. Ich hatte mein Versprechen gegenüber Marlene Wodarz eingelöst. Versprochen hatte ich, ihr bei der Suche nach ihrem Sohn zu helfen. Der Junge war wieder da und mein Versprechen eingelöst.
Nun mussten sie ihr Leben weiter leben. Ich hatte darin nichts zu suchen. Ich kannte sie vor dem kleinen Zufall nicht, also gab es auch keinen Grund für mich, mich weiter einzumischen. Dinge sind erledigt, wenn sie erledigt sind. Ich nahm mir ganz fest vor, das um Himmels willen nicht zu vergessen.

Mein Handy klingelte. Ich lief ins Wohnzimmer, wo es auf dem Tisch lag.

»Herr Freyberg, hier ist Anna, Sie müssen sofort kommen. Der Mann ist im Abbruchhaus, der Lange lässt ihn nicht aus den Augen. Kommen Sie ...«

»Ja ...«, sagte ich, »Anna...«

»Ich muss zurück ...«, sagte sie und legte auf.

Ich warf mir meine Jacke über und machte mich auf den Weg. Für einen Moment überlegte ich, ob ich erst noch den Commissario anrufen und informieren sollte. Aber das konnte ich von unterwegs erledigen. Der Verkehr war dicht, es war sehr mühsam, aus Eppendorf herauszukommen. Die Ampelschaltungen waren gegen mich gerichtet, und auch die anderen Autofahrer schienen sich einen Spaß daraus zu machen, mich zu behindern.

Ich war gerade dabei, die gespeicherte Nummer des Commissario aufzurufen, als mein Handy klingelte.

»Philipp, wo bist du? Ich stehe vor deinem Haus, aber du öffnest nicht.«

»Ich bin unterwegs zu diesem Abbruchhaus am Steindamm ...«

»Warum das denn, wir hatten doch vereinbart ...«

»Anna rief an. Der Mann ist wieder aufgetaucht. Er ist in dem Haus und sucht nach dem Jungen. Sie lassen ihn nicht aus den Augen ...«

»Sie ...?«

»Anna und dieser Typ, den sie ›der Lange‹ nennt. Ich war gerade dabei, dich anzurufen, um dir Bescheid zu sagen. Du warst den Bruchteil einer Sekunde schneller.«

»Okay Philipp, ich komme dahin. Mach nichts ohne mich, hörst du ...«

»Ja, ja ...«, sagte ich.

»Ja, ja ... das heißt ›leck mich am Arsch‹. Warte auf mich.«

»Ich werde mich bemühen ...«, sagte ich, »... versprochen. Aber ich weiß nicht, was mich erwartet, wenn ich da ankomme.«

»Und noch eins, Philipp ...«, sagte der Commissario, »die Fingerabdrücke von Jacob Hässler waren auf dem Griff des Hammers, mit

dem Rainer Wodarz erschlagen wurde. Das haben wir herausgefunden.«
»Und das heißt ...?«
»Nichts Gutes, mein Lieber.«
»Und Anna ...?«, fragte ich.
»Ich hoffe nicht ..., dass Anna da mit drinhängt«, sagte Reinhart.
»Ach, du Scheiße.« Vor mir tauchte das Abbruchhaus auf, jetzt musste ich nur noch einen Parkplatz finden.
»Bis gleich ...«, sagte ich und hängte auf. Aber es war kein Parkplatz zu finden. Aus irgendwelchen Gründen tummelte sich ganz Hamburg am Steindamm. Schließlich parkte ich vor der Ladezone eines Supermarktes und entschied für mich, dass sie heute Abend keine Warenlieferung mehr zu bekommen hatten.
Ich sah Anna schon, als ich auf das Haus zulief. Sie sah mich auch und winkte mir zu.
»Schnell, schnell. Der Mann ist im obersten Stockwerk, da wo Teile der Wand rausgebrochen sind. Er ist vollkommen wirr. Schnell, der Lange hat ihn im Auge ...«

Fuenfundzwanzig

»Herr Klaus ...«, sagte ich, als wir im obersten Stockwerk angekommen waren. Anna und der Lange blieben zurück. Der Mann antwortete nicht, er stand an der Maueröffnung und starrte in die Nacht.

»Herr Klaus, wir haben zusammen telefoniert.«

Wieder bekam ich keine Antwort von dem Mann, er drehte sich auch nicht um, sondern er starrte nur in die Nacht.

»Wir können jetzt reden, reden ist wichtig ...«, sagte ich.

»Ich weiß, wer Sie sind ...«, sagte der Mann und räusperte sich, »... Sie sind der Mann, der den Jungen sucht, den ich verloren habe ...«

Ich schwieg.

»Der Junge ...«, sagte der Mann, »hätte vielleicht eine Chance gehabt, ein besseres Leben zu führen, als ...«

Ich schwieg.

»Wissen Sie, Herr ...«

»Freyberg«, sagte ich.

»Ich weiß das doch ... wissen Sie, Herr Freyberg, dass die Welt sich manches Mal in blaues Licht hüllt. Es ist kein dunkles Blau, eher ein zartes. Aber es ist nicht schön, das Blau, weil man die Augen schließen muss.«

»Blau ...?«, sagte ich.

»Ich muss meine Augen schließen, weil ich das Blau nicht sehen will. Aber ich kann doch nicht immer meine Augen geschlossen halten ... oder, Herr Freyberg?«

»Nein, das können Sie nicht, Herr Bremer«, sagte ich.

»Oh, Sie kennen meinen Namen ...?«

»Ja.«
»Der Junge ...?«
»Ja, der Junge.« Ich bewegte mich zwei, drei Schritte auf Klaus Bremer zu. »Die Polizei hat ihn gefunden. Es geht ihm gut.« Hinter mir hörte ich Anna seufzen.
»Bleiben Sie bitte stehen, Herr Freyberg«, der Mann drehte leicht seinen Kopf.
»Stört es Sie, wenn ich eine Zigarette rauche?«
»Bitte sehr, obwohl es ungesund ist.«
»Ich erinnere mich ...«, sagte ich, »in unserem Telefonat warnten Sie mich vor dem Rauchen. In diesem Zusammenhang sprachen Sie von Ihrer Mutter ...«
»Meiner Mutter ... ja richtig, ich erinnere mich. Im Erinnerungsbüro sagen sie, dass die Farbe Blau die Farbe der Erinnerung ist.«
»Der Erinnerung ...?«, sagte ich, und nahm einen Zug aus meiner Zigarette.
»Ja, die Erinnerung ist nicht golden, wie immer gesagt wird. Zartes Blau, zartes Blau, furchtbar zartes Blau ist die Farbe der furchtbaren Erinnerung, der ewige Wiedergänger des Schreckens. Waren Sie schon einmal im Erinnerungsbüro, Herr Freyberg?«
»Ich ... ich ...«, sagte ich.
»Sie kennen es nicht, nicht wahr? Das habe ich mir doch gedacht ...«
Ich hatte das Gefühl, dass Klaus Bremer sich für einen Moment freute, dass er mir etwas voraus hatte.
»Oh, da müssen Sie noch hin, Sie Armer. Ob Sie wollen oder nicht. Die befehlen Sie heran. Da werden Ihre Erinnerungen geführt. Da werden die Erinnerungen von jedem von uns geführt ...«, der Mann stockte. »Der Tabak riecht gut ...«
»Wollen Sie eine Zigarette, Herr Bremer?«
»Oh, nein. Vielen Dank, nein wirklich nicht. Ich will doch nicht an Krebs sterben. Im Erinnerungsbüro haben sie auch gesagt, die Frau mit dem kornblumenblauen Band jedenfalls hat es gesagt, dass der Junge sterben muss. Glauben Sie, Herr Freyberg, dass die Polizei den Jungen töten wird?«

»Warum sollte die Polizei so etwas tun, Herr Bremer?«
»Der Junge, der Junge ...«, der Mann senkte seine Stimme etwas, »der Junge hat doch seine Mutter umgebracht.«
»Seine Mutter ...?«
»Ja, seine Mutter.«
»Der Vater von Klaus ist tot, aber Klaus hat seinen Vater nicht umgebracht«, sagte ich.
»Nein, natürlich habe ich meinen Vater nicht erschossen, er hat sich selbst erschossen, um mich zu ...«
Hinter mir hörte ich eine leise Unruhe, war der Commissario gekommen?
»Ich bin so müde, Herr Freyberg, so müde. Und die Welt ist wieder so blau, sie ist wieder so blau ...«, sagte Klaus Bremer.
»Herr Bremer, wir sollten ...«, sagte ich.
»Ich werde jetzt meine Augen schließen«, sagte der Mann.
Und dann sprang Klaus Bremer vom obersten Stockwerk in die Nacht.

Epilog

Sie hatten die Akte gefunden. Nichts ging im Archiv verloren. Nichts geht wirklich verloren auf dieser Welt. Wir haben unsere Erinnerungen, wir müssen mit ihnen leben. Das Vergangene ist nicht vergangen. Wir alle werden immer wieder in das Erinnerungsbüro gebeten, weil da noch Ordner liegen, die nicht eingeordnet werden können.

Sollen wir wirklich hoffen, diese Ordner eines Tages einordnen zu können?

Wir werden in das Erinnerungsbüro gerufen, ob wir es wollen oder nicht. Und manches Mal ist auch unsere Vergangenheit in blaues Licht gehüllt. In ein so zartes Blau, dass wir unsere Augen vor ihm schließen müssen, weil wir es nicht ertragen können.

Das ist der Wiedergänger des Schreckens.

Die Polizei hatte also die Akte der Familie Bremer gefunden. Verstaubt war sie, das Papier brüchig vom Lauf der Zeit. Aber sie war vorhanden. Nichts ging verloren. Vielleicht hatte sie auch nur im Archiv gelegen, weil niemand wusste, wohin mit ihr. Ein Ordner, der nicht eingeordnet werden konnte. Jetzt konnte er abgelegt werden.

Nachforschungen der Polizei, die Gespräche mit Klaus Wodarz und seiner Mutter, dem Mann, der Alex hieß, und dem Mädchen Anna vervollständigten das Bild.

Wir waren am Ende angekommen.

Einen Ordner, der eingeordnet werden konnte, hielten wir nun in unseren Händen.

Wir wussten jetzt alles, und wussten doch nichts.

Denn eigentlich sind unsere Hände leer.

Als die Zeit im Sterben lag

Roman

Band 16302

Philipp Freyberg, Erbe einer großen Hamburger Zigaretten-Dynastie, trifft auf Sylt seinen alten Freund Lenz wieder. Philipp spürt gleich, dass etwas nicht stimmt: Lenz ist schweigsam, fahrig und in Begleitung eines ominösen Russen. Als ein Mord in unmittelbarer Nähe geschieht, ahnt Philipp, dass sein Freund in Todesgefahr schwebt.

»Was für eine schöne, ungewöhnliche Geschichte!
Melancholisch wie die Nordsee an einem windstillen Tag
geht sie einem, ehe man sich's versieht, unter die Haut.
Und das Ende ist fulminant. Was will man mehr?«
Andreas Eschbach

Fischer Taschenbuch Verlag

fi 16302 / 1